左健

自由插画师，毕业于西安美术学院，长期从事游戏美术设计相关工作。前网易资深插画师，6年的插画工作经验，对传统艺术中的壁画、工笔重彩画及书法艺术有深入的学习与研究。

陈佳豪

毕业于浙江理工大学，现从事视觉设计工作。曾就职于阿里巴巴集团。

文會館

紅

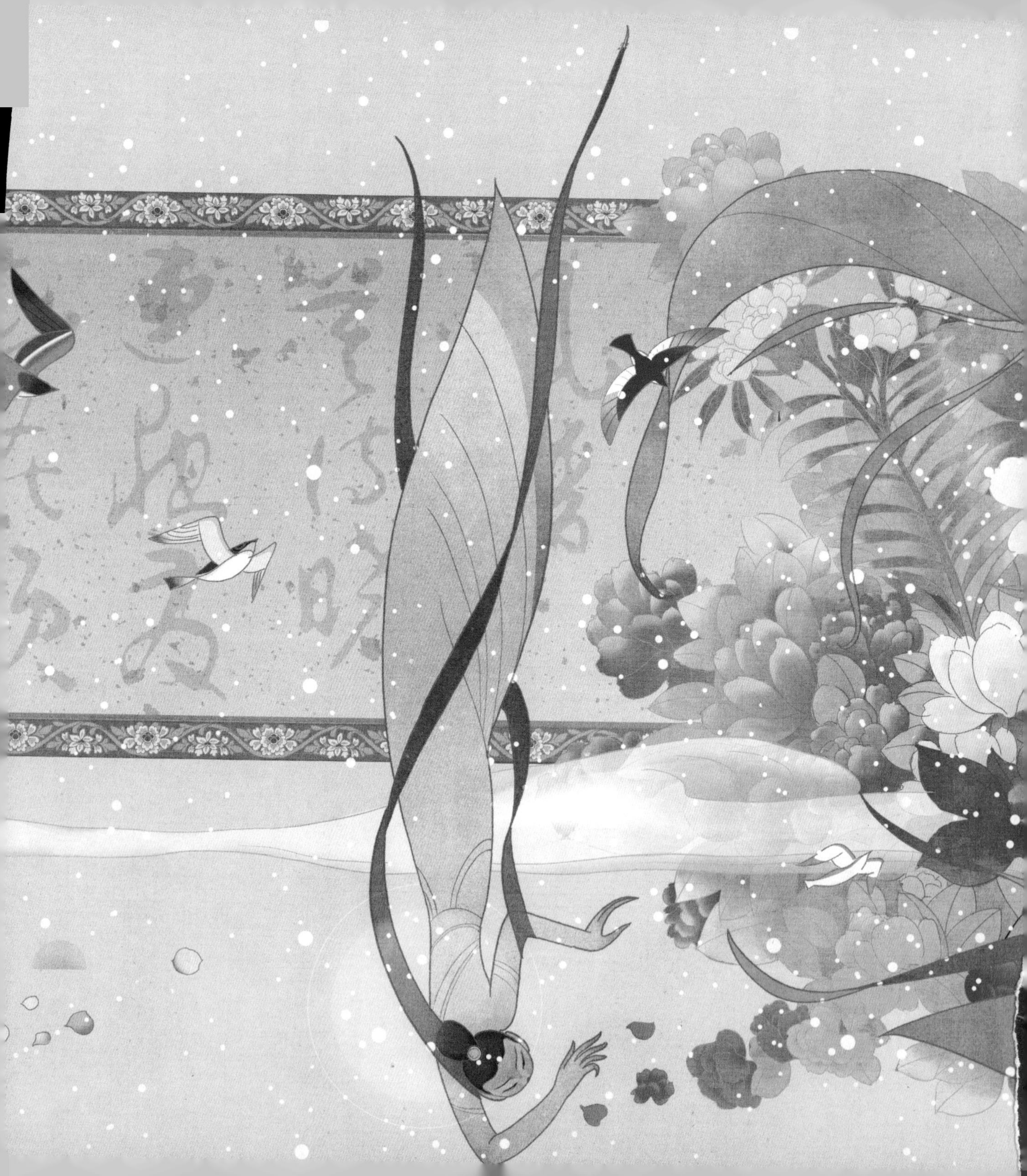

镜花缘传奇

国潮绘本

左健 陈佳豪 编著

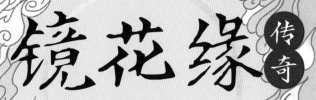

人民邮电出版社
北京

图书在版编目（CIP）数据

镜花缘传奇 : 国潮绘本 / 左健, 陈佳豪编著. --
北京 : 人民邮电出版社, 2024.2
ISBN 978-7-115-62489-5

Ⅰ. ①镜… Ⅱ. ①左… ②陈… Ⅲ. ①《镜花缘》
Ⅳ. ①I242.4

中国国家版本馆CIP数据核字(2023)第154524号

内容提要

《镜花缘》是中国古代文学史上一部融幻想小说、历史小说、讽刺小说、游记小说于一体的长篇神魔小说。小说的故事情节跌宕起伏，具有很大的想象空间，这对插画师来说具有很高的创作价值。本书就是以该小说为题材创作的国潮风故事绘本，书中内容对原文进行了适当精简，同时配以大量精美的插图，还辅以注释和解读，以帮助读者更好地理解。本书画面精美、清新淡雅，充分展现了中国传统文化的魅力。

随书附赠54张效果图的线稿源文件，供读者进行上色练习。

本书适合插画师和中国传统文化爱好者观赏和临摹，同时还可以作为青少年的课外读物。

◆ 编　著　左　健　陈佳豪
责任编辑　张　璐
责任印制　马振武

◆ 人民邮电出版社出版发行　北京市丰台区成寿寺路11号
邮编　100164　电子邮件　315@ptpress.com.cn
网址　https://www.ptpress.com.cn
天津图文方嘉印刷有限公司印刷

◆ 开本：880×1230　1/20
印张：10.2　2024年2月第1版
字数：271千字　2024年2月天津第1次印刷

定价：129.80元

读者服务热线：(010)81055410　印装质量热线：(010)81055316
反盗版热线：(010)81055315
广告经营许可证：京东市监广登字20170147号

前言

2020年初秋，我驾车携妻子从浙江杭州到河北正定，再到山西大同，直至太原，整个行程惊喜不断、收获满满。近一个月的时间里，我饱览了大量珍贵的古建筑、雕塑和壁画，从中深切感受到了传统艺术的魅力，它们将我逐渐被消磨掉的创作热情重新点燃。

在驾车回杭州的路上，我就在思考用什么题材去释放那越来越强烈的创作热情。很快我就有了答案，没错，就是《镜花缘》这部小说。小时候，日韩漫画还没有普及，我接触最多的就是上海美术电影制片厂的经典动画片。那些有趣的情节、生动的画面和活灵活现的角色不但丰富了我的童年生活，也引领我进入了绘画的乐园。其中木偶剧《镜花缘》虽然只有四集，但是令我记忆深刻。

我虽然早些年阅读过这部小说，但是为了更好地表现其中的故事，在着手绘制插图前，我又进行了反复阅读；为了加深对小说的理解，我还搜集并参考了大量资料。在这个过程中，我逐渐对《镜花缘》有了更全面的认识。这部小说不但结构独特、内容丰富、故事有趣，更难能可贵的是对当时的社会进行了批判，展现了作者李汝珍对于时代的思考和认知。

这本书就是基于《镜花缘》的故事情节，并加入我自己的理解和想象创作而成的。在创作的过程中，原著中离奇曲折的故事情节让我无法停笔，越画越沉迷其中。为了更专注地完成绘制，其间我推掉了许多工作邀约。在这一年多的时间里，妻子给予了我最大的理解和支持，在这里对她表示诚挚的感谢。

很期待读者朋友可以通过我的画作，看到和感受到一些不一样的人间悲喜，以及中国传统文化的趣味。希望本书能借助李汝珍的巧思和怪诞想法，去展现别样的中国故事。

最后，非常感谢人民邮电出版社数字艺术分社编辑的邀约及其给予我的指导和帮助，让这本书以更好的面貌展现在大家面前。

编者

2023年8月

资源与支持

本书由“数艺设”出品，“数艺设”社区平台（www.shuyishe.com）为您提供后续服务。

配书资源

线稿源文件（PSD格式）

资源获取请扫码

（提示：微信扫描二维码关注公众号后，输入51页左下角的5位数字，获得资源获取帮助。）

“数艺设”社区平台，为艺术设计从业者提供专业的教育产品。

与我们联系

我们的联系邮箱是szys@ptpress.com.cn。如果您对本书有任何疑问或建议，请您发邮件给我们，并请在邮件标题中注明本书书名及ISBN，以便我们更高效地做出反馈。

如果您有兴趣出版图书、录制教学课程，或者参与技术审校等工作，可以发邮件给我们。如果学校、培训机构或企业想批量购买本书或“数艺设”出版的其他图书，也可以发邮件联系我们。

关于“数艺设”

人民邮电出版社有限公司旗下品牌“数艺设”，专注于专业艺术设计类图书出版，为艺术设计从业者提供专业的图书、视频电子书、课程等教育产品。出版领域涉及平面、三维、影视、摄影与后期等数字艺术门类，字体设计、品牌设计、色彩设计等设计理论与应用门类，UI设计、电商设计、新媒体设计、游戏设计、交互设计、原型设计等互联网设计门类，环艺设计手绘、插画设计手绘、工业设计手绘等设计手绘门类。更多服务请访问“数艺设”社区平台www.shuyishe.com。我们将提供及时、准确、专业的学习服务。

目录

壹 瑶池宴嫦娥发难 累及百花入凡间

女魁星北斗垂景象
老王母西池赐芳筵

传说，世间的名山除了西王母所住的昆仑山，还有蓬莱、方丈、瀛洲这三座仙山。

蓬莱山上有位仙姑，叫百花仙子。这一天是三月初三，西王母的生日，她与众位仙子各驾祥云一起奔赴昆仑山。途中她们看到了魁星，他扮成了女子模样，于是引起了众位仙子的议论。百花仙子说道：『此时人间或有什么异象，所以魁星才变作女相。』

到了昆仑山，各路神仙都到瑶池向西王母行礼。西王母端坐正中，周围有元女、织女、麻姑等仙女相陪。西王母各赐仙桃一枚，众仙拜谢，依次落座。

嫦娥建议百鸟、百兽吩咐手下众仙童为西王母献上歌舞，现场十分热闹。

随后，嫦娥还向百花仙子建议让百花一齐开放，但百花仙子推却说：『众花开放各有时序，玉帝对此监察甚严，小仙不敢将花期提前，也不敢延后，唯恐玉帝责罚。』

注释

魁星同奎星，是二十八宿之一的西方白虎宫的七宿之首，是主宰天下文运的吉星。其形象通常为黑脸红发，一手执朱批笔、一手托金印，左脚后翘踢斗。传说中，包公就是魁星转世。

西王母，女仙之首，主宰阴气、修仙，是生育万物的创世女神。『西王母』的称谓，始见于山海经，因所居昆仑山于汉中原为西，故称西王母。

发正言 花仙顺时令
定罚约 月姊助风狂

嫦娥以为百花仙子拿腔作势，不给她颜面。于是两人相互置气，百花仙子立下誓言：『只有玉帝下旨，才能群花齐放，如有违背，情愿堕入红尘，永无反悔！』此时魁星举起彩笔在百花仙子额头上点了一下，随后离开。西王母心中暗道：『百花仙子只顾为小事斗嘴，哪知日后会生出许多事来。』随后酒宴结束，众仙拜谢四散。

百花仙子回到蓬莱山，日复一日，年复一年，忘却了与嫦娥的誓言。时值残冬，闲来无事，她命牡丹、兰花众位仙子看守洞府，独自去寻访百草仙子。岂料百草仙子也外出了，于是她改道拜访麻姑。两人相见甚欢，于是摆设酒肴，布置棋局，对弈起来。百花仙子此时只顾下棋，哪知下界帝王忽有御旨命她百花齐放。

原来那位帝王是心月狐下凡。嫦娥早与心月狐约定，让心月狐下到人间帮她设计陷害百花仙子。于是心月狐降入凡间成为荆州都督武士護次女，后又入选进宫，历经很多艰险当上了女皇。

注释

麻姑又称寿仙娘娘、虚寂冲应真人，道教人物，古人一直对长寿有着热烈的期望，而道教正是将追求长寿作为教义主要内容的一部分。在道教的神仙体系中，最具影响力的长寿之神的男性神是彭祖，女性神是麻姑。

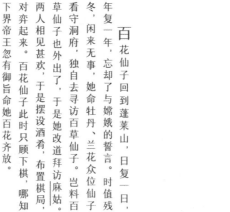

众宰承宣游上苑
百花获谴降红尘

工部按旨意在上林苑建起一座『百花台』，此后武则天经常在此赏花欢娱，过得无比快乐。但百花仙子这时可遭殃了。

百花仙子那日与麻姑下棋，到了次日辰时，忽听女童来报：『外面众花开放，甚是可爱，请仙姑们前去赏花。』百花仙子心想：不好，一定是下界帝王乱下旨意，众花被迫开放，我却只顾在此下棋，玉帝责备下来我该如何是好！

于是百花仙子匆匆忙忙赶回蓬莱山，两个女童将这几日发生的事情告知了她，并说嫦娥还派女童请她践行之前在西王母面前许下的誓言。

百花仙子履行誓言，情愿堕入红尘。闻讯，元女、织女、麻姑也都赶了过来。麻姑说：『玉帝已经下旨，将百位花仙都谪降红尘。』此时，其余九十九位花仙都前来向百花仙子请罪。百花仙子说：『这事儿本也怪我，倒是连累了众位姐妹，于心何安？』

这日，红孩儿、金童儿、青女儿和玉女儿在洞中备酒席，为百位花仙饯行。红孩儿说：『如果众位仙姑在下界有难，我一定前去相助。』

酒过数巡，众位花仙都一一别过，到下界投胎去了。

百花仙子降生到岭南河源县唐秀才家。

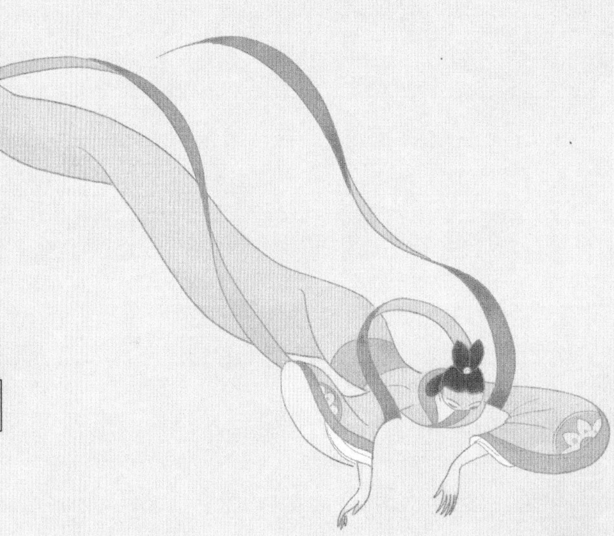

解读

胡适对镜花缘的评价：『李汝珍所见的是几千年来忽略了的妇女问题，他是中国最早提出妇女问题的人，他的镜花缘是一部讨论妇女问题的小说。他对于这个问题的答案是：男女应该受平等的待遇，平等的教育，平等的选举制度。』

镜花缘中最能体现女性意识觉醒的要数武则天的形象，李汝珍对武则天形象的刻画是比较正面的。在当时儒家思想的束缚下，在『女子无才便是德』的社会意识下，他对武则天能有这样比较客观的评价实属难得。

贰 不料中榜被诬陷 唐敖登船访花踪

小才女月下论文科
老书生梦中闻善果

这位秀才名叫唐敖，表字以亭，娶了林之洋的妹妹为妻。他与兄弟唐敏、弟媳史氏一家靠祖上留下的数顷良田度日。唐敖考取秀才后，未再考取更高的功名。

这一年，林氏生了一个女孩。快要生产时，满屋异香，似花香又非花香，三天之中异香不停地变化，竟然有百种。她还梦到自己登上了五彩峭壁，醒来后便生下此女，所以取名唐小山。过了两年，林氏又生了一个男孩，取名唐小峰。

唐小山四五岁时就爱读书，并且过目不忘。她还爱舞枪弄棒，经过长辈们的悉心教导，没过几年就已经文武兼备，远胜常人了。

这一年，唐敖又准备赴京赶考了。唐小山问唐敏：『叔叔为什么不同去？』唐敏道：『我淡泊名利，更情愿在家读书。』唐小山道：『开科考试，自然分男科和女科，不知道女科几年一考？』唐敏笑道：『我没听说过考试有女科，如今太后当帝，朝中却并没有女官，莫非你想去赶考做官？真是有其父必有其女啊。』

话说这次唐敖居然非常顺利，中了探花，就等封官了。不料被人奏了一本，说唐敖与叛军徐敬业等人是结拜兄弟，唐敖虽然并没有参与造反，但毕竟与叛军有关联，终究不是安分守己之人，不适合担任官职，应该贬为平民。经过调查，武则天免去了唐敖这次的功名，因唐敖并无劣迹，所以将他降为秀才。

唐敖心灰意冷，这时收到了唐敏寄给他的银两。他羞于回去见兄弟和妻子，于是决定暂不回家，准备好好游玩一番，散散心。

这日他来到一座名叫『梦神观』的古庙，走进去坐在神像旁，不知不觉昏昏睡去，梦中见一老神仙。唐敖对老神仙说自己现在无心追求功名，有求仙问道的想法。老神仙说：『听说上天的众花仙被罚降落人间，有十二名花仙飘零海外，你何不寻访一番？』唐敖醒后发现原来梦中的老神仙就是身旁的神像，他暗暗思忖：『莫非是神仙点化自己？不管真假，到海外开开眼界也是好事。正好妻舅林之洋经常到海外做生意，与他结伴同行最好不过了。』主意拿定后，他就直奔林之洋家去了。

注释

秀才，别称茂才，原指才之秀者，始见于管子·小匡，汉代以来成为荐举人才的科目之一。

探花是对殿试中位列第三的进士的称谓，与第一名状元、第二名榜眼合称『三鼎甲』。探花在唐代的科举考试中就已经出现，但它作为第三人的代称确立于北宋晚期。

武则天在长安二年（702年）还开设了武举考试。

弃嚣尘 结伴游寰海
觅胜迹 穷踪越远山

此时林之洋也正好准备出海，唐敖见过林之洋一家，将自己这段时间的经历告诉了他们。林之洋一家劝唐敖，称往返海内外常常要花两三年，海上风浪大，一路很辛苦，还是不要去了。但唐敖主意已定，执意要去。林之洋只好应允，又建议唐敖备些货，做点买卖，赚些钱。于是唐敖买了些花盆和生铁带上了船。没过多久，货物都已经装好，林之洋携妻子吕氏、女儿林婉如向家人告别，与唐敖一起出发前往海外。

此时正是正月中旬，天气很好，他们的船没几天就驶入大洋了。唐敖放眼望去，只见海波茫茫，无边无际，不由得心旷神怡。这天，船驶到东口山，唐敖听说东口山有个君子国，那里的人好让不争。林之洋确定地说：『没错，前面还有大人国、黑齿国、聂耳国和无肠国等，千奇百怪。』随后，林之洋提着鸟枪和绳，唐敖身佩宝剑，饶有兴致地离船登岸了。

两人翻过山头，眼前是一片美景。这时从远处山上走出一只怪兽，其身长六尺，高四尺，浑身青色，长着两只大耳，嘴里伸出四颗大牙，如象牙一般。唐敖道：『这是什么？』林之洋说：『我也不太清楚，不过船上有位叫多九公的老舵工，他见多识广，无所不知，也许他知道这是什么。』恰好多九公从山下走来。唐敖向多九公请教刚才所见的怪兽叫什么名字，多九公道：『此兽名叫当康，只有太平盛世才会出来。』正说着，这只怪兽鸣叫几声就跑了。唐敖正目送当康远去，突然被从空中落下的一颗石子打了一下头，他抬头看到一群乌鸦一样的大鸟。多九公说道：『这是精卫鸟，它们正衔石填海呢。』唐敖道：『从前听说炎帝的女儿落水而死，变成此鸟，每日填海，想不到竟真有此事。此鸟虽痴，但积年累月做这件事，其志向实在令人钦佩。世人做着容易事，反而畏惧辛劳，碌碌无为，老了才追悔莫及，还不如此鸟呢。』

注释

当康又称牙豚，出自《山海经·东次四经》，是中国古代神话传说中的神兽之一。“当康大穰”是农耕时代人们所期望的喜事。传说在丰收的年岁里，当康鸣叫着并跳着舞出现。在民间与之有联系的说法是，除夕夜若有肥猪拱门，便预示来年丰收。人们还会以“肥猪拱门”为主题制作剪纸和年画贴在门和窗户上，祈求来年好运。

叁

食奇草，游君子国，结善缘

服肉芝延年益寿 食朱草入圣超凡

三人走进一片树林，见有一株大树，上面长满了稻穗，每个穗子长丈余。多九公说道：『这是木禾，可惜还没有成熟。』林之洋低头在周围找到一粒大米，有三寸宽、五寸长。唐敖说：『这米若是煮成饭，人吃一粒就能饱餐一顿。』多九公不以为然地说：『这还不算稀罕，还有一种清肠稻，人吃一粒能一年不饿呢。』

正说着，忽见一小人骑着一匹小马，这小人长七八寸。三人见了赶忙追上去。唐敖跑得最快，等林之洋和多九公赶到，唐敖已经将小人和小马都吞到肚子里了。林之洋疑惑不解。唐敖说：『这小人小马名叫「肉芝」，人吃了可以延年益寿。』林之洋和多九公四处张望，也想找个肉芝尝尝。多九公找到几株青草，说：『此物叫「祝余」，也可充饥』。唐敖此时在路边折了一株青草，将青草吃掉了，并把青草上的果子取了下来放在手中，随之吹了口气。突然，果子中间生出一株青草，再吹一口，又生出一株，然后将其吃掉了。林之洋问：『这是何物？』多九公道：『这叫「蹑空草」，人若吃了，能立在空中，我在海外这么多年，今天也是第一次见到，看来唐敖不但博学，而且有福气啊。』林之洋半信半疑，想让唐敖试试，于是唐敖将身一纵，就蹿到空中了，离地有五六丈。林之洋拍手笑道：『妹夫真是「平步青云」了。』他让唐敖在空中走两步，哪知唐敖刚一抬脚就落了下来。林之洋还想让他再蹿到空中去摘取『刀味核』，唐敖无论如何也不愿意了。

三人又走了一阵，见山坡上有只怪兽，形似猴子，浑身长着白毛，上面有黑色斑纹，面颊下有黑胡子，体长不过四尺，尾巴盘在头顶上，它正守着死去的同类在那里哭泣。多九公说：『此兽叫「果然」，最爱同类，同伴死了，它不忍离去。』

注释

木禾出自穆天子传。山海经·海内西经载：『昆仑之虚，方八百里，高万仞。上有木禾，长五寻，大五围。』意思是，昆仑山方圆八百余里，高上万丈，山顶长有如同大树一样的稻谷，高达五寻，需五人合抱才能围住。

果然是古人对环尾狐猴的称呼。

诛大虫佳人施药箭
遇故旧书生许承诺

正说着，山上刮起一阵狂风，三人连忙躲了起来。风刚过，就见一只老虎从山上蹿了下来，来到果然面前。果然吓得浑身颤抖，但还是不离开死去的同类。当老虎咬住死兽的时候，山坡旁的树丛中射出一支箭，正中老虎的眼睛，老虎扑通一声倒地死了。多九公见了赞不绝口。忽然，山坡旁走出一只小老虎，三人大吃一惊，却见小老虎把身上的虎皮掀去，原来是一位身穿白布箭衣，头上束着白布渔婆巾的美丽少女。

少女走到老虎前，用利刃剖开老虎的胸膛，取出虎心，然后向三人走来，道了万福。交谈一番后，三人才知此女是唐敖结义兄弟骆宾王的女儿骆红蕖，她跟随祖父、母亲逃到海外，在此处的一座破庙里度日。于是骆红蕖邀请三人到家中一坐。

四人来到一座破庙前，上面写着『莲花庵』三个字。三人随着骆红蕖进了神殿，见到一位白发老翁，唐敖认出那人是骆宾王的父亲骆龙，连忙上前行礼。交谈中，骆龙自叹不能再回故土，希望唐敖返回时能将骆红蕖带回故乡，并为其择选夫婿。唐敖满口答应，骆红蕖还认了唐敖为义父，并希望他路过巫咸国时能带封信给结拜姐妹薛蘅香，约她一起回故乡。唐敖接了信，大家互道珍重，洒泪挥别。

三人回到船上，继续前进，没几日便到了君子国。林之洋要登岸售货，于是吩咐水手将船停到岸边。

唐敖约多九公上岸『瞻仰』君子国，二人远远看到城门上书『惟善为宝』四个大字。

观雅化闲游君子邦
慕仁风误入良臣府

唐敖早就听说君子国民风淳朴，好让不争，是个礼仪之邦，如今见到街市上的情景，才知传言真是一点都不假。所有人都毕恭毕敬，相互礼让，买卖公道，唯恐占他人的便宜。二人正走着，遇见两位鹤发童颜的老者。双方行礼过后，互相问了姓名。原来这两人是同胞兄弟，一位叫吴之和，另一位叫吴之祥。两人听说唐敖他们是大唐来的，就热情邀请他们到家里做客。他们来到吴家门前，只见两扇柴门，一圈篱墙，门前有一个池塘，环境十分清幽。进了厅堂，厅中挂着国王送的牌匾，上书『渭川别墅』。唐敖心想：二人看着不像高官，为何国王还要赐给他们牌匾呢？唐敖说道：『刚才我等见到贵国景象，果然名不虚传，真不愧「君子」二字。』吴之和欠身道：『过誉了，不过我现在想请教二位关于贵国的事，不知二位能否不吝赐教？』唐敖连忙说：『我们只要知道，便一定奉告。』

注释

君子国，山海经·海外东经中的古国名，“君子国在其（奢比尸国）北，衣冠带剑，食兽，使二大虎在旁，其人好让不争。有薰华草，朝生夕死。”意思是奢比尸国的北边是君子国，君子国的人个个衣冠楚楚，佩带宝剑；他们吃野兽，身旁总有两只大老虎；他们性格谦和，好忍让、不好争斗。君子国有一种植物，名叫“薰华草”，它寿命极短，早晨生长，到晚上便会枯萎。

双宰辅畅谈俗弊　两书生敬服良箴

于是吴氏兄弟谈到了大唐在丧葬上多有浪费，办各种酒席太过铺张，女子缠足更是一种恶习。正说着，进来一位老仆人，他慌慌张张地禀告：『国王因为要去轩辕国祝寿，等会儿要来与两位相爷商量相关事项。』多九公和唐敖这才知晓吴氏兄弟居然是君子国丞相，于是起身告辞。

两人一路上对吴氏兄弟大为赞誉，多九公道：『老夫看那吴氏弟兄举止大雅，气宇轩昂，以为若非高人，必是隐士。岂知却是两位宰辅！如此谦恭和蔼，可谓脱尽仕途习气。若令器小易盈、妄自尊大的那些骄傲俗吏看见，真要愧死！』唐敖道：『听他那番议论，却也不愧「君子」二字。』他们回到船上，发现林之洋也做完买卖回来了。正要开船，吴氏兄弟派仆人送来许多点心和果品，还赏给水手十担倭瓜、十担燕窝，唐敖同多九公收了礼物，并一再向吴氏兄弟表示感谢。

解读

君子国是李汝珍理想中的社会，并非可望而不可即的镜花水月。镜花缘中还有很多内容都体现了进步思想，有些已经实现，有些还在实现的过程中，这些内容是针对丑提出的对真善美的构想，是这部著作重要意义的体现。

美人入海遭罗网 宰蚌夺珠报君恩

这一天，大船来到一处渔港，正要靠岸，唐敖忽然听到有人在喊救命，于是急忙出舱一探究竟。

原来岸边一只渔船上站着一名漂亮少女，她胸前别着一口剑，浑身湿透，脖子上缠着草绳，被拴在船桅上。少女旁边还站着渔翁和渔婆。唐敖探问详情，原来刚刚呼叫救命的就是这名少女。此处是君子国边界，渔翁是青邱国的渔人，今日捕鱼居然网到这名少女，想带回本国卖掉。多九公上前问那位少女情况，少女道：『我名叫廉锦枫，是君子国人，家住水仙村，父亲已经去世，母亲得了重病，只能吃海参医治，我因无钱购买海参，只能自己勤习水性到海中捕捞，不料今天被渔翁网住，恳求老翁放我，我若不能回家，母亲也难以活命。』唐敖见状，进舱取了十贯钱，求渔翁夫妇放了这名女子，但渔翁夫妇嫌钱少，不肯答应。多九公和林之洋听了他们的对话，跳到对方船上与之争论，边争吵边解草绳。渔婆见状，撒起泼来，说自己遇到了强盗，要与多、林二人拼命。唐敖见情况越来越糟，无奈与渔翁讨价，最后给了渔翁一百两银子才将廉锦枫救下。

廉锦枫来到林之洋的大船上，向三位恩人道谢。唐敖问得廉锦枫家离此不远，便说将其送到家中。廉锦枫说刚才没能为母亲捕到海参，希望唐敖等人稍等片刻，自己去海中捕捞几条，唐敖道：『小姐请便。』于是廉锦枫将身一纵，跃入海中。过了很久，廉锦枫才回到船上，原来她刚才在海中与一只大蚌拼斗，从蚌中取出一颗很大的宝珠，欲将此珠献给恩人。唐敖哪里肯收，劝她将宝珠进献给国王，因为这样做也许对她们母女有益处。廉锦枫说：『国王有规定，如果官民进贡金银珠宝，不但要将物品烧毁，还要重重处罚行贿之人。』唐敖这才收下宝珠。

船行不久，来到了水仙村。廉锦枫带着三人上岸来到家中。廉锦枫的母亲拜谢唐敖三人的救女之恩，又谈起家世。原来廉锦枫的曾祖也是岭南人，论起来，唐敖的曾祖还是廉家的女婿。廉锦枫的母亲十分开心，叫出了儿子廉亮见过众人，说他们几人早有回乡之意，希望唐敖回国时能带他们三人一起回去，并希望唐敖代为留意儿女的婚姻大事。唐敖一口应允。

肆

历多国，听奇闻，喜逢师

途经多国听奇闻
畅谈异事论善恶

船行到大人国，林之洋知道这里生意难做，就不想去了，但唐敖很想看看大人国的人是否能驾云行走，便邀多九公一同前往，林之洋也就陪同他们登岸了。这里地形复杂，三人经过一名老者的指点才进入大人国。

大人国的街市上人来人往，非常热闹。所有行人脚下都有云，而且每个人脚下的云颜色都不一样。虽然这里被称为『大人国』，但每个人的个头不过比平常人高二三尺而已。多九公对二人说道：『我以前来这里了解过，云的颜色以五彩为贵，黄色次之，黑色最为低下，有良心的人蹬彩云，心黑之人蹬黑云。』这时来了位乞丐，但脚蹬彩云，唐敖很是纳闷。多九公道：『此人虽然贫困，但常行善事，心地一定善良，所以他脚蹬彩云。』

正说着，街上行人都向两边闪开，让出一条大路。原来是位官员走过，前呼后拥，很是威严。但他脚下围了一块红绫，看不出云是什么颜色。唐敖问多九公那官员为何用红绫裹住云。多九公说：『那是遮羞布，想必他为官不正，做了很多亏心事，脚下生出「晦气色」，所以只好用红绫遮掩。』

三人议论着这些奇怪事，随即回到船上，扬帆向劳民国驶去。

注释

大人国是李汝珍根据博物志记载的『能乘云而不能走』，以及儒家对德行好的人的尊称『大人』，自己创造出的一个以德行为重的国家。

到了劳民国，三人登岸望去，只见这里的人浑身黑乎乎的，忙忙碌碌，身子还摇晃不停。唐敖感叹道：『这个「劳」字果然贴切，他们每日操劳，是否都短寿呢？』多九公说：『并非这样，有句话叫「劳民永寿，智佳短年」，他们反倒会长寿呢。』

三人回到岸边，见有人卖双头鸟。林之洋说：『这鸟在岐舌国一定能卖个好价钱。』于是他买了一对带上船。

过了几日，船行到聂耳国，这里的人与普通人无异，但都有一对很大的耳垂。耳垂一直垂到腰间，人们需要用手捧着才好走路。唐敖说：『相书有言「两耳垂肩，必主大寿」，聂耳国的人寿命一定都很长吧。』多九公道：『听说这里并无长寿之人，相书中说人中长一寸，能活百岁，彭祖活到八百岁，难道他的人中比脸都长吗？这些都是无稽之谈呀。』

这日船经过无肠国，多九公向唐敖介绍道：『这无肠国人，因为食物不在肚中停留，刚吃了东西就排泄出来，所以他们容易饿，导致食量很大。一些不仁的人常常将排泄出的东西给仆婢吃，然后仆婢吃完再排泄，排泄完再吃，直到饭粪莫辨、无法食用。无肠国的人为人多刻薄异常，我们还是尽早离开为好。』

三人一路说笑，船只顺风行驶，很快驶到犬封国境内。空中飘来一股酒肉之香，多九公说道：『这里的人生来人身狗头，全国上下都好吃喝，此外一无所能。』唐敖想去犬封国看看，多九公劝道：『此处之人有眼无珠，不识好人，谁给吃喝就亲近谁，要是被他们狂吠乱咬起来，那还得了？』

注释

无肠国出自山海经，『无肠之国在深目东，其为人长而无肠。』意思是，深目国的东边是无肠国，无肠国的人长得很高，腹内却无肠。镜花缘被当作社会批判小说，因此其对无肠国的描述成了对富人刻薄吝啬的批判。

喜相逢师生谈故旧
巧遇合宾主结新亲

几天后，船行到元股国，三人远远地就看到海边有一群群渔民正忙着捕鱼。他们大腿以下均为黑色，上身肤色与常人无异，每个人都头戴斗笠，身披坎肩，穿鱼皮裤。

上岸后，三人见一渔民网住了一条怪鱼——一个鱼头，十个鱼身。唐敖请教多九公：『这是不是茈鱼？听说吃起来有股兰花香。』多九公还未答话，林之洋就凑上去闻了闻，不觉皱起眉头，直犯恶心，说道：『妹夫真会开玩笑，这鱼比臭屁还难闻。』多九公笑道：『林兄踢它一脚，看它是否会发出犬吠声。』话音未落，他们就听到那鱼『汪汪』叫了几声，果然如同犬吠。唐敖猛然想起什么，说道：『此鱼莫非是何罗鱼？』多九公听后连连点头。

说话间，又有人网起了几条大鱼。大鱼刚被丢到岸上，就腾空而起。更远处冒出一个鱼背，如山峰一般，金光灿灿。唐敖感叹道：『难怪古人说「大鱼」游海上，一日见鱼头，七日见鱼尾。』

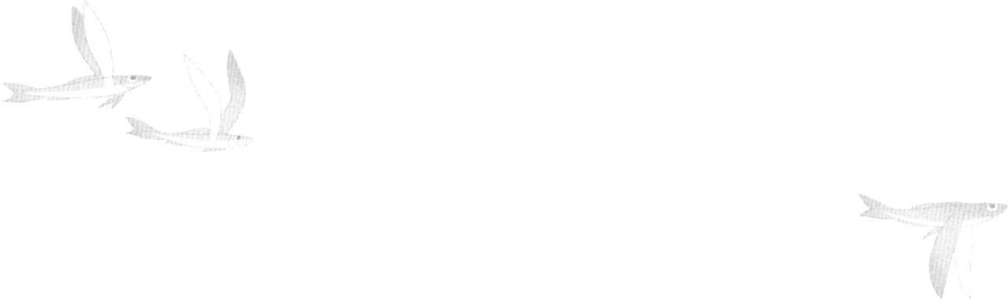

这时一渔翁走过来拱手道：『唐兄，你还认得老夫吗？』唐敖上下打量那人，惊讶不已，原来那人是自己的授业恩师尹元。唐敖连忙还礼，询问老师：『老师为何如此打扮？』尹元感叹道：『说来话长，还是到我家中一叙。』于是三人跟着尹元来到了他的住处。

尹元的住处非常简陋，没有桌椅，四人只能席地而坐。坐定后，尹元道：『自从武后临朝，老夫曾三上封章，劝其谨守妇道，将帝位还给李氏，不料奸臣向武后进谗言，说当年徐敬业之事，俱系老夫代为主谋。老夫闻知，唯恐被害，逃至外洋。我漂流到此，原想以打鱼为生，无奈当地人不让外来人牟利。后来邻舍怜我寒苦，私下建议老夫将腿足用漆涂黑，假冒当地人，因此尚可糊口。』唐敖叹道：『若非今日相遇，门生哪能得知老师的遭遇。近日师母可安？多年未见世弟、世妹，求老师领我去见一见。』尹元说道：『拙妻早已去世。儿名尹玉，现年十二，女名红萸，现年十三。』然后呼唤两姊弟出来，与大家都见了礼。唐敖看那尹玉生得文质彬彬，极其清秀；尹红萸眼含秋水，唇如涂朱，体态端庄，十分艳丽。虽然他们衣衫褴褛，但举止甚是大雅。二人见礼退出，大家仍旧归座。唐敖道：『今日见世妹、世弟都生得端庄福相，将来老师后福不小。』尹元叹道：『老夫年已花甲，也不期望后福，今天见到你，希望你能念及师生之情，为我另觅一安生之所，以后有机会带我和我的儿女同归故乡。』唐敖听罢，思忖多时，将廉锦枫之事告知尹元，推荐尹元去给廉锦枫当老师，日后他们可以一起返乡。尹元听了，十分开心，就同意了。唐敖接着道：『廉锦枫姊弟二人才、德、貌三全，同世弟、世妹真是绝好的良姻。门生意欲做媒，成此好事。以后他们彼此都有照应，门生也好放心。老师意下如何？』尹元听后更觉高兴，当下同意。于是唐敖写了封信交给尹元，并留下些银两当作盘缠，然后告别回船。尹元也洗去腿上的黑漆，带儿女朝水仙村去了。

唐敖三人回到海边，刚要上船，忽听有许多婴儿的哭泣声，原来是一渔民网起很多怪鱼，这些怪鱼上身像女人，下身是鱼形，腹下有四足。多九公道：『这是人鱼，如此奇异之物，唐兄何不买两个带回去？』唐敖说：『听这鱼叫声凄惨，我还是买了放生吧。』于是唐敖从渔夫那里买下所有人鱼，将它们放归海里。这些人鱼浮在海面上，朝着唐敖等人点头致意，好似在感谢他们一般，随后便游远不见了。

船又行了几日，经过毛民国时，林之洋问多九公：『为何此地人一身长毛？』多九公道：『此地人本来也和我们一样，只是他们生性吝啬，一毛不拔，所以身上的毛越来越多，天长日久，他们就都成了这个模样。』林之洋听后，急忙命人开船。唐敖问：『为何？』林之洋说：『既然他们一毛不拔，我还怎么和他们谈生意？』于是船继续向毗骞国驶去。

伍

黑齿国误入女学塾
老书生受辱颜面毁

访毗骞得窥旧案
经黑齿巧进学塾

唐敖听说过毗骞国，当地人皆长寿，国中还保存着盘古的档案，他很早就盼望着前去瞻仰。船靠岸后，三人步入城中，只见这里的人长相十分奇特，面长三尺，颈长三尺，身子也长三尺。

三人一路询问，来到了保存盘古档案的地方。他们向掌管档案的官吏说明了来意，官吏听说三人是大唐来的，不敢怠慢，将他们请进来后，为他们端茶倒水，很是热情。过了一会儿，官吏拿钥匙打开铁橱取出一卷书，只见上面圈圈点点，都是古字，他们一个都不认识。三人得知官吏也不知道书上写了什么，只能辞别官吏，回到船上。

没过几日，船行到深目国。远远望去，只见这里的人面上无目，都高高举着一只手，手上长着一只眼睛。他们朝上看时手掌向上，朝下看时手掌朝地，朝各个方向看都非常灵活。多九公说：『人心难断好坏，光看正面很难顾及其他，眼睛长在手上可以看得更仔细，因为这样可以眼观六路。』

接着，船行驶到黑齿国，这里的人全身墨黑，连牙齿都是黑的，但红唇红眉，衣服也是红色的。林之洋带了许多脂粉去街上售卖，唐敖和多九公也登岸去了城里。

大街上十分热闹，行路时男的走右边，女的走左边，井然有序。两人走进一个小胡同，见一门上贴了一张红纸，上写『女学塾』三个大字。从门内走出一老者，将二人请进学塾。

注释

东南亚地区自古就有黑齿的习俗，即将牙齿涂成黑色。这一习俗在东南亚地区相沿数千年，现已基本消失。

受女辱潜逃黑齿邦 观民风联步小人国

学塾里有两个女学生，都是十四五岁，一个穿红衫，一个穿紫衫，一同向唐敖两人行礼。

老者自称姓卢，了解到唐敖和多九公都是大唐来的有识之士，便想让两个女学生向二人请教。多九公以为这两名少女没什么学问，不免有些自大，夸夸其谈起来，但随后就被她们问得无言以对，唐敖也回答不上，两人一时间支支吾吾。正在此时，院墙外传来林之洋卖脂粉的吆喝声。两人像是抓到了救命稻草，开始呼叫林之洋，林之洋随后进入院内。于是两人借故向卢姓老者作揖告辞，匆匆走出了小巷。三人来到大街上，林之洋问怎么回事，多九公才说：『恨老夫少读十年书，不自量力，活该丢脸呀。』

三人说着说着，不觉回到船上，林之洋吩咐水手立刻起锚扬帆。

船行几日，来到靖人国。唐敖向多九公了解靖人国风气。多九公说道：『这里又名小人国，国人皆身材短小，爱讲反话，薄情寡义，我们不妨去看看。』三人走到城墙边，城门很矮，他们只能弯腰进去。城内街巷狭窄，屋檐低矮，行人身高都不足一尺。他们成群结队，手持器械防身，生怕被大鸟叼去。三人待了片刻，没做几笔生意就一同回到了船上。

解读

英国作家乔纳森•斯威夫特所著的格列佛游记中也有关于小人国的描写，其以高超的讽刺手法和荒诞离奇的情节辛辣犀利地抨击了当时社会中的种种丑恶现象。多年后中国的李汝珍同样借海外游历中的奇闻逸事来针砭时弊，勾画了自己心目中的理想世界。科利尔百科全书将镜花缘称为『中国的格列佛游记』。

陆 游鳞凤山观异兽 遇义女危境解困

丹桂岩山鸡舞镜 碧梧岭孔雀开屏

这日船行到鳞凤山，这座大山分东山和西山，总长千余里，山中果木茂盛，鸟兽奇多。有趣的是，东山没有一只鸟，西山没有一只兽。多九公介绍道：『此处有一鳞一凤，鳞在东山，凤在西山。东山名叫麒麟山，上面有很多桂花树，又名丹桂岩；西山名叫凤凰山，上面有很多梧桐树，所以又叫碧梧岭。这里是一定要去探访的。』

于是三人带上器械登了岸，朝着西山走去。他们穿过数座山岭，忽然听到阵阵如同雷声的鸟鸣。三人四处张望，但并未发现任何踪迹。唐敖忽然指着一棵大树说道：『看，这里有很多好似飞蝇的东西，声音像是从这里传出来的。』三人靠近大树后，有一只『飞蝇』飞到林之洋耳边，林之洋伸手捉住并说：『这声音真像雷声，我耳朵都快聋了。』多九公上前仔细看了看，说：『这是细鸟，虽然身子小，但声音可传几里远呢。』正说着，远处来了一名牧童，唐敖上前问路，牧童道：『这里就是碧梧岭，另外一边就是丹桂岩，两地都由白民国管辖。过了这里，野兽很多，三位可要当心了。』说完，牧童就离去了。

几人好奇心很重，想一睹凤凰的风姿，于是依照牧童所指位置寻去。越过一座山峰后，只见到处都是梧桐树，群鸟落在枝上，中间有只凤凰，身高六尺，尾长丈余，蛇颈鸡喙，毛分五彩，甚是威风。对面东边山头的桂树当中站着一只绿色大鸟，其形如雁，长颈鼠足。多九公道：『那是鹔鹴，看起来像是要与凤凰争斗。』只听鹔鹴鸣叫两声，从其身旁飞出一只山鸡，上下翻飞，如同一片锦绣。凤凰这边飞出一只孔雀，伸展尾羽翩翩起舞，华丽夺目。山鸡见状，自惭形秽，突然向一岩石撞去，竟然死了。唐敖说：『这鸟羞愤轻生。一只鸟都有如此血性，世人却觍颜无愧。』林之洋道：『世人若像山鸡这样，也不知要死多少了，大多觍张老脸，混混也就过去了。』

孔雀这边得胜回到山林，此后东边山林又飞出九头鸟、秃鹫等，西边山林飞出鹦勺、跂踵等，两方相互比斗，鹔鹴见己方不敌，红了眼，就带身边所有怪鸟直奔西边山林，与凤凰这边的禽鸟斗成一团，双方难解难分。

逢恶兽唐生被难
施神枪魏女解围

正在此刻，忽然东边传来一阵巨响，顿时地动山摇，尘土飞扬，犹如千军万马奔来。霎时间，正在拼斗的飞鸟都四散而逃，唐敖三人躲在林中向外窥探。原是狻猊与众多身染血迹的怪兽蹿了过来。紧接着，麒麟带着一群怪兽也赶来了。多九公道：『看来狻猊滋事，被麒麟打败了。』

这两拨怪兽又互相撕咬起来，林之洋刚捉的细鸟这时突然发出声响。狻猊发现了他们三人，于是带着几只野兽朝他们扑来。三人吓得拼命逃跑。多九公边跑边喊：『林兄，还不赶快开枪！』林之洋这才想起自己有枪，转身朝着众兽开了几枪，打死两只野兽，但其他野兽继续扑来，丝毫不畏惧。林之洋顿时傻了眼。唐敖跑在最后，眼见就要被狻猊追上，急得将身一纵，居然蹿到半空，于是众野兽继续去追林之洋和多九公。正在紧要关头，忽听山岗上传来一声枪响。一串子弹打到狻猊身上，将其击倒，其余野兽围护狻猊，也都停下不再追唐敖三人。之后枪响不绝，野兽们横尸遍野，没死的也都四处逃散。唐敖从空中落地后，林之洋说：『妹夫吃了蹑空草，蹿得高高的，把我们两人撇到一边，差点丧命，不知是哪位用枪救了我等的性命。』

这时，从山岗上走下一位猎户，那人看上去不过十四五岁。三人向其拜谢，谈论中唐敖得知，此人是自己的结拜兄弟魏思温的女儿魏紫樱，她还有个哥哥叫魏武，父亲死后，哥哥体弱，她只能女扮男装在此当猎户。说罢，她邀请唐敖三人到家中一坐。

三人翻过山头，来到魏家。魏紫樱的母亲万氏夫人和魏武一同见过唐敖几人，谈起往事。魏紫樱说：『父亲留有遗书，希望我兄妹日后能回归故土。』万氏说：『只是担心武后还在缉捕我们，不敢回去。』唐敖说：『缉捕一事已经过去十余年，武后早已淡忘了。待我等从海外归来，再接嫂子和侄儿侄女一同返乡。』随后他们又叙谈了一番，留了些散碎银子才辞别回船。

第二天，船驶到白民国。林之洋与伙计带了绸缎、海菜上岸去卖。唐敖和多九公进城闲逛。只见这里店铺挨着店铺，人来人往，热闹非凡，与他国不同的是，这里无论男女老少，皆着白衣白帽，房屋店铺也都被刷成了白色。此地俨然一座玉一般的城市。在一家绸缎店门口，三人相遇了，林之洋说他将今日商品都已卖掉了，赚了一大笔钱，要陪同唐敖和多九公一起走走。

三人进入一个巷子，看到一座高大的门楼，门旁贴了一张白纸，上书『学塾』两字。恰好里面走出一个美貌少年，邀请他们三人进去坐坐。于是三人随着少年进去了。

注释

白民国在山海经·海外西经中有记载：『白民之国在龙鱼北，白身被发。有乘黄，其状如狐，其背上有角，乘之寿二千岁。』意思是，白民国在龙鱼居住地的北方，这里的人全身雪白，披散着头发。国中还有一种兽叫乘黄，长得像狐狸，背上长着角。如果有人能骑上它，可以活到两千岁。

这里对白民国的描写，暗讽了那些表面斯文儒雅，实则胸无点墨的欺世盗名之徒。

遇白民儒士听奇文 观药兽武夫发妙论

三人来到厅堂，发现里面端坐着一位四十岁上下的先生，他戴着玳瑁边的眼镜，还有四五个学生，都长相俊美，衣帽鲜亮。厅堂上方悬一匾，上书『学海文林』四个泥金大字，两边还有一副对联，写的是『研六经以训世，括万妙而为师』。唐敖几人见这场景都不禁肃然起敬，脚步放轻，大气都不敢喘。三人想起在黑齿国的遭遇，心想这里的人必定学问更深，自己一定要加倍小心，不能再丢人现眼了。先生见到有来客，招呼三人上前。唐敖听先生称呼自己为书生，连忙躬身道：『晚辈不是书生，我等都是商人。』先生回道：『你们既不通文墨，就暂且在厅外等候，我上完课再来看你们的货物。』三人不敢回嘴，连忙退到厅外。

唐敖正想和多九公离开此地，忽听先生在里面教学生念书，细听后发现先生反复只念两句：『切吾切，以反人之切。』三人都不知所云，心想这位先生的学问果然高深得很呢！

过了一会儿，一个学生出来招呼说先生要看货，于是林之洋提着包袱进去了。唐敖见林之洋半晌没出来，便进去一探究竟。原来林之洋正与先生议论货物，唐敖轻轻走到书案前一看，原来刚才学生们诵读的是孟子，『切吾切，以反人之切』竟然是『幼吾幼，以及人之幼』，这才知道原来师生们都读错了。待林之洋卖完货，三人走出巷子，唐敖将刚才所见说给二人听，多九公道：『这种先生岂不误人子弟。』唐敖说：『我还当这先生有多大学问，毕恭毕敬，自称晚辈，想想都丢人。』

忽见一头异兽，其形似牛，头上戴着帽子，身上穿着衣服，有一小童牵着它走了过去。唐敖道：『请教九公，不知此兽可是药兽？』多九公道：『这正是药兽，最能治病。人若有了疾病，对兽细告病源，此兽即至野外衔一草归，病人捣汁饮之，或煎汤服之，莫不见效。如若病重，一服不能除根，次日再告病源，此兽又至野外，或仍衔前草，或添一两样，照前煎服，往往治好。此地至今相传。并闻此兽比当日更广，渐渐滋生，别处也有了。』林之洋道：『原来它会行医，怪不得穿衣戴帽。请问九公，这兽可晓脉理？可读医书？』多九公道：『它不会切脉，也未读过医书，大约略略晓得几样药味。』林之洋指着药兽道：『你这厚脸的畜生！医书也未读过，又不晓得脉理，竟敢出来看病！岂非把人命当儿戏！』多九公道：『你骂它，若被它听见，它会准备药给你吃。』林之洋道：『我又没病，为何吃药？』多九公道：『你虽无病，吃了它的药，自然要生出病来。』

说笑间，三人返回船上。大家痛饮一番，扬帆起航。行了几日，见远处似烟非烟，似雾非雾，有万道青气直冲霄汉，烟雾中隐隐出现一座城池。多九公道：『淑士国到了』。

船离城池更近了，他们才看清，这里梅树丛生，都有十数丈高，那座城池被亿万梅树围在中央。水手将船泊好，三人一并登岸，见这里的农夫皆是儒者打扮。城门石壁上镌刻着一副金字对联，字有斗大，远远望去，只觉金光灿烂。对联的内容是『欲高门第须为善，要好儿孙必读书』。唐敖道：『这景象与白民国迥然不同，想必此处多有饱学之士。』正说着，关卡的守兵走上前来盘问，还将三人搜查了一遍，才放行。

注释

药兽，传说中的神兽，出自说郛。

解读

白民国和黑齿国形成鲜明对比，李汝珍笔下白民国的人金玉其外，败絮其中，皆是伪儒士、假道学。先生的华而不实，药兽的欺世盗名，在这里大行其道。

李汝珍在镜花缘中多次嘲讽现实世界中的酸腐儒生和伪君子，如淑士国名为『淑士』，这里的人举止斯文，满口『之乎者也』，却都是斤斤计较、不学无术之徒，只要有利可图，就能贪则贪，忘恩负义。人与人之间，君与臣之间都暗藏杀机，互相猜忌，这与君子国形成了鲜明的对比。

柒

淑士义女两建言
落难公子表衷情

说酸话 酒保咬文 讲迂谈 腐儒嚼字

进入城中，三人见路上行人、店中商贾，无论穷富，都头戴儒巾，斯斯文文，一身儒士的打扮；家家户户都传出读书声，门口也各挂匾额，上面有写『孝悌力田』的，有写『德行耆儒』的，还有写『通经孝廉』的，等等。他们走到一户门前，见门上贴着一张红纸，上书『经书文馆』。林之洋提着包袱进去卖货了，唐敖、多九公之前在书塾吃了两次亏，再也不想进去了，于是继续沿街道走着。二人走到闹市玩了一会儿，见林之洋笑嘻嘻地赶来，他说货物已卖光，虽没赚多少钱，但在书馆里偶尔讲了一句，竟然得到全馆学童的夸奖，所以甚是开心。当下三人口渴，于是走进一家酒楼，找了座位坐下。这时来了一名酒保，他打扮斯文，手拿折扇，戴着一副眼镜，躬身道：『三位客官，莫非饮酒乎？抑用菜乎？』林之洋说：『有酒有菜，尽快拿来。』酒保说：『请教先生，酒要一壶乎，两壶乎？菜要一碟乎，两碟乎？』林之洋急道：『什么「乎」不「乎」的！你只管取来就是，你再「之乎者也」，我先给你一拳。』酒保急忙道：『小子不敢！小子改过！』随即取来一壶酒，两碟下酒菜——一碟青梅，一碟齑菜，三个酒杯，又恭恭敬敬地为每人斟了一杯酒，退了下去。林之洋举起酒杯，向二人说了声：『请了！』便将酒一饮而尽，随即紧皱双眉，口水直流，大声喊道：『酒保，你把醋当酒拿给我了。』邻座一老翁对林之洋摇手道：『吾兄既已饮矣，岂可言乎？』林之洋说：『与你何干？』

老翁说：『今以酒醋论之，酒价贱之，醋价贵之。因何贱之？为甚贵之？

其所分之，在其味之。酒味淡之，故而贱之；醋味厚之，所以贵之。人皆买之，谁不知之。

他今错之，必无心之。先生得之，乐何如之！——第既饮之，不该言之。不独言之，而谓误之……』

那老翁满嘴『之乎者也』，叽里咕噜地说了很久，唐敖三人才听明白，原来这里醋比酒贵，老翁唯恐酒保知道将酒错拿成了醋，要涨价。几人唯有发笑，随后吃毕，结账离开。

唐探花市井赎义女
徐公子茶肆叙衷情

来到闹市中，三人见有许多人围着一个十三四岁的女子，那女子正在哭泣。唐敖便向旁边一位老人打听原因，老人说：『这女子原是公主的陪嫁丫头，前几日不知为何惹恼了驸马，如今只消十贯钱便可买去，无奈这里的人视钱如命，无人肯买。』林之洋对唐敖说：『妹夫不如破费将其带回岭南当丫头，也算救她一命，做了善事。』唐敖道：『救其一命也可，当丫头就算了』。于是向官媒写了契约，交了十贯钱将这个女子领走了。

路上，唐敖问其身世，得知这个女子复姓司徒，名娬儿，父亲曾是名副将，随驸马出征时战死了。来到船上，娬儿拜唐敖为义父。唐敖问其可有婚约，不想说到了她的伤心处，她流着泪说出了前情。

原来，前些年有名来自大唐的青年到驸马府投军，他名叫徐承志，驸马见他骁勇善战，便将他留作亲随，但驸马为人暴戾，性情多疑，想探知徐承志的底细，以防有诈，于是将娬儿许配给徐承志，以安其心并时刻监视他。去年冬天，徐承志与驸马一起上朝，娬儿在家，偶然从徐承志的行囊中搜到一道檄文和一封血书，方才知道他是大唐忠良之后，来此避难。娬儿担心日子长了，驸马知道实情会对徐承志不利，于是劝其离开此地，另寻门路。哪知徐承志居然将此话告知驸马，驸马将娬儿毒打一番。前几日，她再次劝徐承志离开，徐承志又向驸马和盘托出，驸马大怒，将娬儿毒打一番后，责令官媒将其变卖。说完，娬儿放声痛哭。

唐敖听后言道：『此人有檄文和血书，必为敬业兄的儿子无疑。这几年我四处打听，哪知侄儿却在此地。』唐敖把和徐敬业结拜兄弟的事讲给了娬儿听。唐敖对娬儿说：『娬儿如此贤德，冒险劝他，他不听良言，令人费解，此中必有内情，我去寻他了解清楚。』

于是唐敖与林之洋、多九公立刻动身，寻到驸马府，暗中花费银两托人将徐承志请出。徐承志见到唐敖，因认得他，便言道：『此处非讲话之所。』于是邀三人来到一茶馆。四人找了一僻静房间，见左右无人，徐承志向唐敖行礼：『伯父什么时候来的？怎会晓得侄儿在此？』于是唐敖将前事叙述了一遍。徐承志听罢，垂泪说道：『我与娬儿完婚后，也知驸马多疑，生怕娬儿是驸马派来试探我的，因此将她劝我之事禀告给了驸马。现在我知道了实情，悔恨莫及。』

越危垣潜出淑士关 登曲岸闲游两面国

唐敖道：『这事不怪贤侄，你身处此位，不能不疑，庆幸的是，婉儿正在我们的船上，你们不妨一聚。』徐承志说：『这里关口严，侄儿虽想出去，实无良策』。林之洋说：『有办法，唐兄不是吃过蹑空草吗？到了夜晚不妨驮徐公子跳到关外。』唐敖点头称是。于是几人付了茶钱，出了茶馆。

此时已近黄昏，四人想找一地先练习一下，看看计划是否可行。于是徐承志将三人领到城脚。唐敖看周围无人，于是驮上徐承志，将身一纵，就蹿上了墙头。他四下一望，发现城外并无一人。唐敖问徐承志：『家中可有要紧之物？如无要物，现在出城岂不省事？』徐承志说：『檄文、血书我都随身携带，住处再无要紧的东西。』于是唐敖将身一纵，跃下城去。随后多、林二人也都赶到城外，四人一起登船扬帆，驶离了淑士国。

徐承志在唐敖的带领下见到了婉儿，向她说明了前因后果，得到了婉儿的谅解，两人转悲为喜。徐承志向唐敖询问回乡之事，唐敖说：『现在武后执政，不便回去，只能先随船同行，日后再谋良策。』

船又行了几日，来到两面国。徐承志怕驸马的追兵赶来，不敢上岸，多九公因最近腿脚不便，也留在船上。唐敖跟林之洋倒是很想去看看这里的风貌。临行时，多九公见林之洋几日未换衣服，身上的布衫有些破旧，而唐敖戴儒巾着绸衫，看着很体面，于是对林之洋说：『听闻这里的人十分势利，你最好穿体面些。』林之洋说：『有妹夫那身行头撑场面就可以了。』多九公腿脚疼得厉害，就吃了些药独自回舱睡觉去了。他一觉醒来，腿脚倒也不疼了，来到前舱，见唐敖跟林之洋也回来了。但两人居然换了衣服，不由得感到奇怪，便问原因。于是唐敖将原委讲了出来。

原来二人到了岸上，见人人都戴浩然巾，将脑后遮住，只露正面。唐敖见有一来人，便上前与之攀谈，此人和颜悦色，满面谦恭。谈话间，林之洋也上前搭话。怎料此人转过脸来，见林之洋衣衫破旧，便立刻变得满面冰霜。林之洋很是气恼，于是就和唐敖来到僻静之处，互换了衣服。

后来他们又遇一人，林之洋与其攀谈，对方果然是一副满面笑容的样子。唐敖好奇，想看看那人脑后的浩然巾下是什么样的，于是偷偷上前将浩然巾一揭，不料下面居然是一张恶脸，鼠眼鹰鼻，满脸横肉。他见了唐敖，将扫帚眉一皱，血盆口一张，伸出一条长舌，喷出一股毒气，霎时阴风凄凄，黑雾漫漫。唐敖吓得两腿一软，竟要跌倒。林之洋见状，急忙和唐敖一起逃了回来。听了他们的叙述，多九公道：『这样的事，世间也是难免的。』

注释

浩然巾是背后有长大披幅的一种头巾，相传因唐代孟浩然所戴而得名。

解读

两面国是李汝珍杜撰出来的，意在讥讽那些见钱眼开、喜欢趋附权贵，做人两面三刀的伪君子。李汝珍是个非常关注社会问题的人。镜花缘虽然描述的是一些镜花水月般的虚幻浪漫的奇闻逸事，但是这些多是现实生活的写照，李汝珍借此表达了自己的观点。他对这些奇闻逸事有褒有贬，有扬有弃，使这部著作具有重大的社会意义。

遇强梁义女怀德　遭大厄灵鱼报恩

唐敖等人正要安歇，忽听邻船有妇女哭泣之声，于是便叫水手去打听。不多时，水手回来说，那船也是家乡的货船，因风暴打坏了船只，所以那妇女着急。林之洋答应明天派人帮忙维修，那边才止住哭声。

次日天刚亮，忽听岸上喊声不绝，唐敖三人急忙赶到船头，见岸上有百来个强盗，手拿器械，脸上涂着黑灰，头戴浩然巾，大声喊道：『船上的，快拿买路钱来！』唐敖几人见状不知如何是好，只能喊话求饶。正在此时，邻船飞出一弹，将为首盗贼击得仰面翻倒，然后又听『唰唰』几声，弹子雨点般打去，那岸上盗贼被击中一片。唐敖等人看去，原来打弹子的是名女子，头上束着蓝绸包头，身着葱绿箭衣，穿紫裤，站在船头，右手持弹弓，左手拿弹子，只挑长得健壮的强盗，一个个打去。此刻她已经击倒十几个大汉，其余强盗见状，四散而逃。

唐敖等人来到邻船拜谢，与那女子交谈才知，她居然是徐敬业的侄女，名唤徐丽蓉，也是因逃难飘落海外，靠贩卖货物度日。此刻徐承志也赶来，知道情形后，兄妹二人抱头痛哭。

这时，岸上又奔来一队人马，徐承志向徐丽蓉要了一杆长枪，迎上岸来。这队人马原是淑士国驸马派来的追兵，领军的将领要徐承志返回淑士国被拒，于是两人厮打在一起。不几个回合，将领就被徐承志刺伤，其余兵将见状将其簇拥起来，败退而去。几人都聚到唐敖船上，徐丽蓉与婗儿、吕氏等女眷见礼。林之洋派水手去维修船只。不几日，船就修好了，徐承志与唐敖商量，准备与婗儿乘徐丽蓉的船返乡，唐敖应许，于是摆设宴席为他们送行。

送走了徐承志，林之洋他们也扬帆起航，继续下一段行程。

不几日，经过了穿胸国。

随后来到了厌火国。唐敖约多九公、林之洋二人登岸。走不多时，见了一群人，生得面如黑墨，形似猕猴，都向唐敖唧唧呱呱，不知道在说什么。唐敖望着一直发愣。这些人一边说话，一边伸出手来，如同索讨一般。多九公道：『我们都是过路人，随身没带多少银两』那些人听了，仍然唧唧呱呱，不肯散去。林之洋在旁发牢骚道：『九公！咱们是来赚钱的，并不是出来舍钱的。任他们怎么要，我是不会给的，咱们走吧，哪有工夫同他们纠缠！』话才说完，只听众人大喊一声，个个口喷烈火，径直向林之洋他们扑来，三人忙向船上奔逃。惊慌间，海中突然浮出许多妇人，露着半身，个个口内喷水，就如瀑布一般，滔滔不绝，向众人喷去。真是水能克火，霎时火光渐熄。林之洋趁机开了两枪，众人这才退去。再看那些喷水妇人，原来就是当日在元股国放生的人鱼。

那群人鱼见火已灭，也就入水而散。林之洋忙命水手收拾开船。多九公道：『此前唐兄放生积德，哪知隔了数月，倒靠她们救了性命。古人云：「与人方便，自己方便。」这话果真不错。』

离开厌火国后，唐敖他们又陆续行经燥热异常的寿麻国、人人都好吃懒做的结胸国，每个人都长着长胳膊的长臂国。

观奇形路过翼民郡
谈异相道出豕喙乡

这日，众人来到了翼民国。船停在岸边，唐敖三人登岸走了数里才见到人。只见其人身长五尺，头长也是五尺，长着鸟嘴，两只红眼，一头白发，背生碧绿的双翼，像披着树叶一般，有走着的，也有飞着的。那飞着的不过离地二丈。他们来来往往，倒也好看。林之洋询问多九公：『为什么这里的人头长这个样子？』多九公道：『听说他们喜欢听奉承话，高帽子戴得多了，头自然越来越长。』见有几位老翁雇人驮着他们飞行，唐敖说：『我们也雇人驮我们回去，岂不有趣？』于是找了三个驮夫，三人分别伏在驮夫肩上，驮夫们瞬间展翅高飞，很快就把他们驮回了船上。

接着，船又继续航行，向豕喙国驶去。到了豕喙国，见这里人人衣着考究，但都长了猪嘴，唐敖疑惑，于是向多九公求解。多九公说道：『只因人心不古，撒谎的人太多，地狱容纳不下，因此冥官将历来所有撒谎精都托生在此地，给他们一张猪嘴，将其与其他人区分开来。』

又过两日，众人行经伯虑国，来到巫咸国。唐敖记起在东口山时，骆红蕖曾托他带信给住在巫咸国的薛蘅香，但他这几日患有痢疾，不便走动。林之洋则一人上岸做生意去了。幸亏多九公懂得医术，唐敖吃了他配的药剂很快就痊愈了。林之洋也回来了，说这里的人会养蚕纺织，自给自足，所以他的绸缎销路不好。第二天，唐敖和多九公上岸去寻访薛蘅香。

捌

老书生施妙术 连助二女

老书生仗义舞龙泉
小美女衔恩脱虎穴

走了片刻，二人见前面有一片树林。多九公指着树林说：『大的是桑树，小的是木棉。』此时，唐敖见树上藏着一个人，那人鬼鬼祟祟，此时远处正有个老妇人和一名少女走来，唐敖开始提防，暗暗准备好武器。

只见一个大汉从树上跳下，亮出刀，拦住一老一少的去路，喊道：『你这小女子，害得我们好苦，今日我定要除了你，替大伙出气。』言毕，举刀就砍。唐敖立刻蹿了出去，用剑一挡，由于用力过猛，将大汉的刀震飞了。他质问大汉为何要杀这少女，此时林之洋恰巧经过，与多九公一起赶到。那个老妇人搀起少女，少女战战兢兢，娇啼不止。大汉道：『你去问她。』于是那少女说道：『我名叫姚芷馨，父亲姚禹原是大唐的河北都督，因反对武后失败，携全家逃到这里，父母来这里不久就去世了，如今我与舅母宣氏、表姐薛蘅香及表弟薛选以养蚕纺织为生。』唐敖对那大汉道：『这与你有何干系？你为何要害她？』大汉说道：『我在本国做木棉生意，此女来后，养出无数吐丝的毒虫，她织出丝片售卖，还将此法四处传人，本地妇女都不买我的木棉了，她断了我的财路，怎会与我无干系？』大汉说罢，愤愤而去。见那大汉走远，唐敖言明了他携信送予薛蘅香的事情，少女就同那老妇人引他们进了城。

到了薛家，只见门口被很多人围了起来，为首的就是刚才那大汉，他口口声声要传授织丝之法的女子出来送命。唐敖见对方人多势众，便大声说：『这家人在此只是暂居，我等就要带他们返乡，请各位先行回去。』说罢，众人才散去。

进到屋中，唐敖将骆红蕖的书信拿出，并安慰他们说：『看来此地不能久留，昨日我见岸边有艘熟船，不如你们搭乘这船先去东口山，后面再找机会回故乡吧。』听完唐敖的一番话，众人皆表示同意。当下林之洋去接洽那艘船，唐敖也写了书信，薛蘅香等人收拾行囊即刻登船去了。唐敖等人也开船向岐舌国驶去。

林之洋知道岐舌国人爱音乐，于是让水手带了乐器，还有在劳民国买的双头鸟到街市销售。唐、多二人在城中信步走着，见此处的人满口唧唧呱呱，不知在说些什么。唐敖虽听不懂，但觉得那声音还算悦耳，多九公似乎能听懂些什么，唐敖问多九公为何懂此处方言，多九公说：『当年我因贩货在这里住过半月，没想到竟学会了此处方言。谁知学会岐舌之话，再学别处口音，一学就会，毫不费力。可见凡事最忌畏难，若把难的先做了，做其余的自然容易。』

觅蝇头林郎货禽鸟　服妙药幼子得回春

二人回到船上，林之洋也笑嘻嘻地回来了。唐敖问他缘由，林之洋说：『今日乐器都卖掉了，有位大官想买双头鸟送给王子，他家仆人说，若今日我不卖，明天他家主人一定加价，若交易成功，我给他分点好处就成。他可真是一名「义仆」。』多九公道：『他这样坑害他主人，怎么算是义仆呢？』林之洋笑着说：『这些奴才一见到钱，就把自己的主人抛到九霄云外，那我只好认他做我的义仆了。』闲聊过后大家早早用饭安歇了。

第二日，林之洋起了个大早，独自卖双头鸟去了。还没到中午，林之洋提着鸟笼，愁眉不展，叹气而归。唐敖问起缘故，林之洋道：『昨日王子骑马跌伤了，大官现在无心买此鸟，无论我降价多少都不买，看来我只能后面再找机会了。』说完悻悻而去。

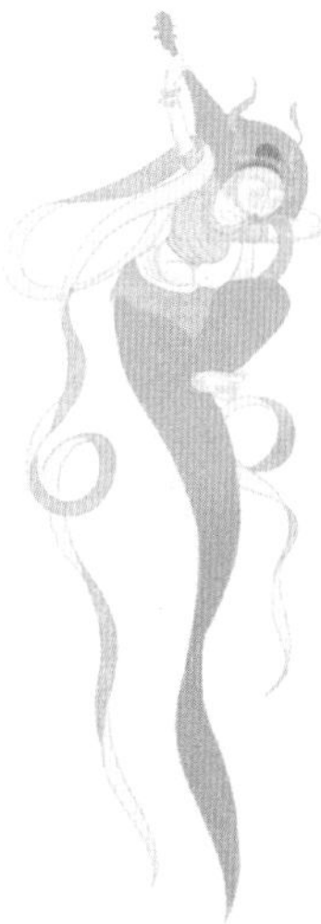

唐敖和多九公闲坐无聊，就一起来到闹市，见有黄榜，原来是悬赏名医为王子医治。多九公径直上前揭了黄榜，看守的兵役见他是外邦人，于是找来通使，把多九公请到了迎宾馆，唐敖只好跟在后面。翻译将情形禀告给国王，唐敖也按多九公的嘱咐回到船上去取医治王子病症的药物。待唐敖归来，两人随着翻译来到王府。王子卧床昏迷不醒，多九公看了他的伤势，便开始为他医治，最后还给了几服药，并称按要求施药，不出几日，王子便能好转。过了两天，王子果然好了很多，国王十分高兴。

第三日林之洋空着手回来，满面不悦地说：『幸亏九公医治好了王子，我的鸟才得以卖出，但双头鸟虽卖了高价，可恨那义仆，并没真心待我，非要扣一半价才肯付钱。只能先回来，请二位同我走一趟，帮我说几句，希望能多讨回几分钱』。随后三人来到大官门前，林之洋将那义仆唤出与之争论，但义仆始终不愿归还扣下的银两。此时多九公突然放开嗓门，唧唧呱呱的喊叫，义仆吓得连忙打躬，取出银两给九公，多九公从中取出些银两做酬劳付给仆人，其余交给林之洋。唐敖问其中缘由，原来九公故意大声说这仆人私透消息，教商人要高价，哄骗主人，他怕主人听见，这才让步。

传奇方老翁济世人 因恙体枝女作螟蛉

这日国王设宴为多九公饯行，并拿出千两白银，求医治王子的药方。多九公对翻译说：『救治王子并非贪图钱财，至于药方，不过举笔之劳，只求国王赐韵书一部，或将韵学略为指点，心愿已足。』于是翻译将多九公的想法告知了国王，随后回复多九公道：『韵学乃敝邦不传之秘，何况此时二位王妃都得了重病，国主心绪不宁，更加难办。』多九公便向翻译详细询问了王妃的病情，对翻译说：『如果我能医治王妃的病，可否答应我的请求？』于是翻译转奏给国王，国王一心要治王妃的病，只得勉强应允。于是多九公就将药方给了翻译。过了几日，王妃就都痊愈了。国王见状虽不情愿但也只得按承诺将韵学的要点写出，密密封固，命翻译交给多九公，并再三叮嘱，不可轻易传人。多九公也将为王子医治的药方交给了翻译，翻译又说道：『国主因敝邦水土恶劣，人民多患痈疽，意欲求赐一妙方，可肯赐教？』多九公仔细了解情况后写了一个药方交给翻译，随后拜辞。

又过了几日，翻译寻得多九公，说他有一女儿，名叫枝兰音，已经十四岁了，患有一怪病，希望得到多九公的医治，人现在就在外面候着。多九公道：『既然如此，快请进。』翻译便吩咐仆人将兰音搀扶了进来。多九公看那女子，十分清秀，惟面带青黄，肚腹膨胀，端详多时也摸不清是何病症。唐敖与翻译询问后得知了病症所在，于是写了药方交给翻译，翻译收了药方，十分欢喜，再三拜谢后，同兰音辞别而去。

这天，正要开船离去，谁知翻译又带着女儿匆匆忙忙赶来，见到唐敖说明来意，原来是药方中的几味药此处寻不到，虽有药方但也无药可救。唐敖听后也很为难，说自己身边也没有这些药。翻译见状便对唐敖哭求，说自己已经年过六旬，为医治兰音的病已费尽心力，但都功效甚微，兰音若继续留在此地，必死无疑。如不嫌弃，希望唐敖能将兰音收为义女，带往外邦寻药，救她一命。听到这里兰音号啕不止，林之洋见状劝说唐敖，唐敖于是应允了下来，说等医好枝兰音的病就将其送回。于是翻译派人回家收拾枝兰音的行装，还备了不少银两，作为盘缠，送给唐敖，最后父女俩洒泪分别。

观花灯戏言元宵节

访筹算畅游智佳国

离开岐舌国，唐敖等人这日到了智佳国。此时正是中秋佳节，众水手都要饮酒过节，于是把船早早停泊。唐敖因此处风景、语言与君子国相仿，约了多、林二人看此地过节是何光景，又听闻此地素精筹算，要去访访来历。不多时，他们进了城，只听爆竹声声，市中摆列着许多花灯，人声喧哗，极其热闹。林之洋道：『看这花灯，倒像我们的元宵节了。』多九公道：『却也奇怪！』于是找人询问。原来此处风俗，因正月甚冷，过年无趣，不如八月天高气爽，不冷不热，正好过年，因此把八月初一改为元旦，中秋改为元宵。此时正是元宵佳节，所以热闹。三人一路观看花灯，唐敖见周围人大多白发苍苍，很是奇怪，于是向多九公询问原因。多九公答道：『此地人最好天文、卜筮、勾股算法，诸样奇巧，百般技艺，无一不精，并且彼此争强赌胜，用尽心机，苦思恶想，愈出愈奇，必要出人头地，所以邻国以「智佳」称呼之。他们只顾终日构思，久而久之，心血耗尽，不到三十岁，鬓已如霜，到了四十岁，就如我们古稀之年，因此从无长寿之人。』

游览过后众人都回到船上，水手收拾开船。枝兰音也基本康复了，写了一封家信，烦请多九公托其他船只寄回家中。

玖

女儿国遭遇窘境 受屈辱死中得活

观艳妆闲步女儿乡 失音信家眷哭断肠

又行几日，船只来到了女儿国。唐敖因听闻过唐三藏西天取经，路过女儿国被留下的事，不肯上岸。多九公说：『这个女儿国可跟西游记里的不一样，这里有男有女，只是女的穿男装，男的穿女装。』唐敖好奇，问道：『这样一来，男的岂不要穿裙戴钗，搽脂抹粉了？』多九公说：『何止如此，还要缠足呢。林兄带了那么多脂粉，一定会有好收益。』说到这里，林之洋拿着货单，满面笑容独自去了城里。

唐敖和多九公也登岸进城，一路上，他们看到无论老幼，都没有胡须，虽着男装，却发出女声，而且身段瘦小，婀娜多姿。唐敖道：『这里的男人如此，不知女人何样？』正说着，见一门口坐着一『妇人』正在做鞋，一头乌发，油光发亮，头戴珠花，身穿长衫，裙下露出一双小脚，穿着大红绣花鞋，脸上扑着厚厚的粉，却遮不住一脸络腮胡子。唐敖忍不住笑出声来。那『妇人』被惊动，冲唐敖骂道：『你这妇人，是在笑我吗？明明一女子却穿男装，不觉得羞耻吗？』唐敖赶紧拉着多九公快速离开。走远后，唐敖道：『听他的话，是把我当女人了。我那舅兄，上次在厌火国被烧了胡须，本身又长得白净，要是也被当成女人，可真叫人担心啊。』两人又各处游玩了一会儿才回到船上，林之洋还没回来。到了晚上，他还是没有回来，不免令人担心。于是唐敖与多九公提着灯笼，上岸找寻。走到城边，城门已闭，只得回船，次日又去寻访，林之洋仍无踪影。至第三日，又带几个水手，分头寻找，也是枉然。一连找了数日，竟似石沉大海。吕氏同婉如哭得死去活来，唐敖、多九公二人仍是日日找寻，各处探信。

解读

镜花缘中的女儿国与西游记中的女儿国不同，这里有男有女。李汝珍十分关注妇女问题，对妇女怀着一定的同情，他创作喜剧的才华在这一回中得到了很好的体现，他通过一个虚构的男女易位的国家，创造出各种喜剧冲突，由此揭示出封建社会中女性受压迫的现象，使人对男尊女卑的不合理制度有所思考。

粉面郎缠足受困
长须女玩股垂情

原来林之洋那日进城后，被人引到国舅府，那人说那里人多，卖货必定能卖得好价钱。到了国舅府，国舅对林之洋货单上的物品十分满意，说现在恰逢国王选妃，需要大量脂粉、头饰，当下派人领林之洋去王宫，好让国王选购。

林之洋随内使来见国王，那国王虽有三十来岁，但生得面白唇红，十分美貌。她看了货单后，便一一问价，两眼还上上下下打量林之洋，林之洋不免被看得慌了起来。过了一会儿，国王吩咐内使将货单留下，并回复国舅，还令宫娥带林之洋去用餐，说要好好款待大唐来的客人。

待林之洋来到一座楼上，用过酒饭后，从楼下上来一群宫娥，高声齐呼『娘娘』，并向林之洋磕头道喜。这时林之洋才知晓，原来国王把他选为王妃了。随后上来几名宫娥，不由分说，七手八脚地给他打扮了起来。于是林之洋被强行换上一身贵妇人的装束，涂脂抹粉，头戴珠花。宫娥对林之洋说：『现在就等吉日，送娘娘进宫去。』不多时又来一批宫娥，按住林之洋，硬给他穿耳、缠足，林之洋疼得直叫唤，央求宫娥们放他出去，可宫娥们根本不敢答应。

不多时，又有宫娥们掌灯送晚饭来了，满桌鸡鸭鱼肉，可林之洋哪里有心情吃。他只觉得两脚痛得支撑不住，身上直冒冷汗，于是倒在床上和衣而睡了。半夜，林之洋两脚如火烧一样，疼醒了几次，最后私下将缠在脚上的白绫扯去，不料第二天还是被宫娥发现。国王知情后，差宫娥执杖责罚他，然后又命宫娥重新为他缠足。并且无论日夜，都有人守着林之洋。

观丽人女主定吉期 拜君王臣民谏良言

林之洋这两只『金莲』被宫娥今日缠、明日缠，不到半月，脚面弯曲折成两段，十指也已腐烂。过了半个月，国王亲自过来看，见林之洋虽然双脚还不够小，但吉日快近，也就不等了，准备第二天完婚。

第二天，宫娥将林之洋扶上宫殿，国王十分高兴，突然听见殿外一片喧闹声。此时国舅进来启奏，称有个大唐来的人揭了黄榜，说能治理水患，但要求放了新选的王妃。现在众百姓都在朝门外请求释放王妃呢。

揭黄榜唐义士治河道 许诺言女皇帝候佳音

原来是唐敖等人知晓了林之洋的境况，见黄榜上写此处连年水患，百姓苦不堪言，国王寻求能治理水患之人，于是唐敖计上心来，揭了黄榜，答应解除水患，希望得到百姓的帮助，求国王放了林之洋。一众百姓商议后决定协助唐敖，一路请愿，沿途加入者越来越多，到朝门时已有数万人。国舅诉说详情后，国王并不同意，带着林之洋回了内宫。百姓越闹越凶，国舅唯恐事态控制不住，便一直安抚百姓，说一定会劝说国王，让大家放心。于是众人这才散开。

过了几日，国王想起百姓闹事，不免有些后怕，于是召来国舅，说道：『那个揭榜的人若真能治好河道，我可以把王妃放了，若不能治好，虚耗银两，还需他照数拿钱来赎。』国舅十分高兴，立刻来到迎宾馆，将这个消息告诉了唐、多二人。

效禹王冶铁疏渠
拜林妃诉情求救

国舅问到如何治河之事，唐敖说：『虽然我们还没看过贵国河道的具体情况，但自古以来，河道出现灾情大多是泥沙淤积所致，治河水平最高的首推大禹，听说大禹采取的是疏通之法，所以我们还是以此作为主要方法。』国舅听了点头称是，说次日带他们去看看河道。第二天，唐敖在国舅的陪同下出城实地观察。看了河道后，唐敖对国舅说：『河道堤岸又窄又高，使得河道远远高过陆地，一旦水满溢出，平地即成泽国，如今之法只有将河道挖深。』国舅说：『如何挖深？不知天朝用何器具？』唐敖说：『所需的器具较多，但贵国的铜铁太少了，好在我们的商船带有钢铁，明日请国舅多派工匠来打造器具就好。』

不过两三日，器具都已经制造完毕。于是唐敖与国舅择日开工挖河道。开工之日，唐敖、多九公到河边指导百姓们挖河道，逐段筑坝，逐段将河道挖深挖宽。百姓们因常年被水灾所害，所以这次人人出力，干劲高涨，不出十日就把所有河道疏通了。百姓们都十分感激唐敖、多九公，一致请求放了林之洋，还为唐敖立了生祠，上书『泽共水长』。

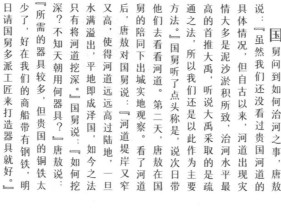

外面的事情，林之洋全然不知，这一天还在伤心流泪，忽听楼梯上有响动。原来是王子到了。王子说了唐敖等人治河的事情，如果治好了，国王就会送林之洋回去，还说如有新的情况会随时告诉他，林之洋十分感激。自此，王子天天来报信，已过半月，这日将唐敖治河成功的事情告知了林之洋，还说明天国王就会送林之洋回到船上了。林之洋大喜，对王子说：『我一定报答王子的照顾。』不料王子突然跪下，说：『我如今有大难，还求阿母搭救。』林之洋连忙问详情，于是王子将原委详细说了出来。原来这王子是东宫娘娘所生，八岁就被立为储君，不幸亲娘病故，西宫娘娘想立自己的孩子为储君，于是想加害于他。近来国王要去轩辕国祝寿，王子怕自己孤身无援，心想若是不早早离去，迟早会遭毒手，因而希望林之洋能带他离去。

新贵妃反本为男 旧储子还原作女

林之洋听后，答应为王子想办法。到了次日，果然有人抬轿子送林之洋回船，并为其换上男装。王子见旁边人员众多，无法跟随林之洋一起出去，于是低声告诉林之洋自己住在牡丹楼，请他设法搭救。林之洋点头应允。

林之洋回到船上，与众人见面，悲喜交集，说到王子托他相救之事，唐敖计上心来。吃过晚饭后，唐敖与林之洋朝王宫走去。来到宫墙下，看四周无人，唐敖便驮着林之洋越过宫墙。刚蹿入园内，两条恶犬就从树林中跃出，将两人的衣服咬住。唐敖挣脱恶犬，纵身上墙，林之洋却被闻声而来的宫娥团团围住。有一宫娥认出他是林之洋，急忙去禀告国王。

国王听闻，问林之洋为何去而复返，林之洋无言以对。国王以为林之洋回心转意，开心地令宫娥将林之洋送回楼上，准备将其再纳入宫中为妃。待到三更，宫娥们在外间已经酣睡，林之洋听到有人在弹窗户，原来是唐敖。唐敖说道：『你快开窗，跟我回去。』林之洋说：『门窗都已上锁，如果惊醒宫娥，怕更难脱身，妹夫先行回去，明日我与王子商议计策，明晚你若见楼上挂有红灯笼，便来救我们。』唐敖答允，便纵身去了。

第二天，王子得到消息便来探望林之洋。两人商议，想借邀请林之洋去牡丹楼赴生日宴的机会，将宫娥留在楼下，待唐敖搭救他们。到了晚上，林之洋由宫娥陪伴，来到牡丹楼赴宴，宫娥都留在楼下吃酒。王子和林之洋独自上楼，到了楼上，王子又支走其余宫娥，打开楼窗，挂起红灯笼，不一会儿唐敖就从窗外跃入屋内。

王子见了唐敖连忙倒身下拜，唐敖扶起他说：『事不宜迟，我们尽快离开这里。』于是唐敖背着林之洋，一手挟着王子，飞身出楼，连着越过数座高墙，才到宫外。

拾

抵轩辕，众王朝贺
遇蓬莱，化身成仙

步玉桥茂林观凤舞 穿金户宝殿听鸾歌

船上，多九公问王子姓名，方知她叫阴若花。唐敖不觉忖道：『当日在梦神观，梦神所言十二名花，我只当是真花木，处处留意，却未曾寻到，唯所遇女子皆以花木为名，后面我可要留意了。』

船行了几日。这日，唐敖立在柁楼，远远望去，只见对面霞光万道，从中隐隐现出一座城池。多九公看了看罗盘，道：『唐兄，前面是轩辕国。此是西海第一大邦，我们要畅游几日了。』靠岸后，水手将船泊好。林之洋脚已养好，自去卖货。唐敖、多九公也上岸向城池走去，穿过一片梧桐林，见有一对对凤凰盘旋起舞，也不怕人，原来这里的百姓爱护鸟兽。唐敖看呆了，多九公拉扯他，道：『这里的凤凰犹如别国的鸡鸭一样多，咱们还是到城里去看看吧。』进了城，只见这里人来人往，都是人面蛇身，一条蛇尾盘到头顶，就如同发髻一样，大家的举止都很文雅。

二人走着走着，见前方浩浩荡荡来了一支队伍，其中一人撑着黄伞，上写『君子国』三个大字，伞下罩着一位国王，国王骑着一只白虎，后面跟着一些随从。紧接着是女儿国国王，头顶上也罩着伞，骑着犀牛，后面跟着随从。唐敖不明情况，多九公一打听才知道，今年是轩辕国国王一千岁整寿，因为他是黄帝后裔，声望很高，所以邻国都前来给他庆寿。

注释

轩辕国在山海经和博物志等古籍中均有记载，相传这里的人即使寿命短的也能活八百岁，他们人面蛇身，尾巴盘结于头上。

解读

轩辕也就是被尊为『人文初祖』的黄帝。中国古代的文集和传说中，多有将至尊至圣的人物刻画为人面蛇身的形象，如伏羲、女娲。这种灵蛇崇拜的传统在世界其他地方也有出现，基本赋予相关形象强大的生殖力和吉祥如意的象征意义。这与对龙的崇拜有相似之处。

轩辕国诸王祝寿 蓬莱岛二老游山

多九公给唐敖一一介绍：『那位披着头发，腿长约两丈的是长股国国王，我们天朝的高跷就是仿他做的。长股国国王之旁，长着一个大头、三个身躯的，是三身国国王。三身国国王对面有个身有双翼、人面鸟嘴的，是驩兜国国王。驩兜国国王上首有位头大如斗、身长三尺的，是周饶国国工，周饶国国王能做飞车。迎面有位脚胫相交的，是交胫国国王。交胫国国王旁边有位面中三目、长着一只长臂的，是奇肱国国王。奇肱国国王旁边坐着一位三首一身的，是三首国国王。』

正说着，旁边挤来一人，二人扭头一看，原来是林之洋。唐敖指着女儿国国王并笑着对林之洋说：『舅兄小心，若是被国王看到了，指不定要拉你同席呢。』林之洋望去一怔，原来女儿国国王也发现了他，正呆呆地望着他。林之洋见状片刻也不敢停留，拉上唐敖、多九公，匆忙从人群中挤出，奔回船上，驶离了轩辕国。

船又行经了三苗、丈夫等小国。这一日，多九公看着罗盘说：『前面就是不死国了，国内有座员邱山，山上有棵不死树，人吃了树上的果子可以长生。』于是他们都想去看看。

这天，多九公嘱咐水手，恐将要遇到风暴，需要做好准备。唐敖见风和日丽，远处似乎只有一小朵乌云，以为多九公多虑了。不想，很快风暴袭来，船只随风飘去。待狂风刮了三天后，风势减了下来，众人才在一座山脚下将船泊好。唐敖问多九公此处是何名。多九公道：『老夫记得此处叫普度湾，有一峻岭，但我未曾去过。』于是唐敖邀多九公同他上岸游玩。

入仙山撒手弃凡尘
走瀚海牵肠归故土

两人上了山坡，游览多时，见迎面有一石碑，上刻『小蓬莱』三字。他们绕过峭壁，见景致越来越佳，唐敖道：『如此福地，定有真仙。』多九公说：『此地景致虽佳，但等会儿天色晚了，我们如何行走？今天暂且回去，明日再来。』唐敖恋恋不舍地说：『到了这里，小弟连名利之心都抛却了，只觉万事皆空，有些不想回去了。』多九公说：『未成「书呆子」，却要变成「游呆子」了，快走吧。』唐敖仍然东看西看，忽然迎面来了一只白猿，手中拿着一枝灵芝。多九公说：『那灵芝必为仙草。』于是两人都向白猿追去。

那白猿的去路正好是下山路，白猿逃入一石洞，但此洞很浅，白猿无路可逃，被唐敖一把逮住。唐敖从白猿手中夺过灵芝，递给多九公，说：『也不知是不是活命仙草，但对老年人应该是有益无害的吧，九公您拿去吧。』多九公十分开心。于是唐敖怀抱白猿，与多九公一起下山，回到船上。林之洋因为受了风寒，已经睡了。婉如向唐敖要来白猿，用绳缚住，与兰音、若花一同玩耍。

次日换了风向，众水手准备开船，忽然不见唐敖，才知道唐敖一早就上山了，等到了晚上，也不见回船。此后数日，林之洋带领水手四处寻找，也不见他的踪影。多九公道：『我看唐兄这次来海外，其心不在游玩，如今应该看破红尘，学道求仙去了，我们再找也是枉然。』

这大，林之洋约多九公再次上山寻找唐敖，走得双腿酸软，还是没有找到。两人循着旧路往回走，路过刻有『小蓬莱』的石碑前，见上面添了一首墨迹淋漓的七言绝句：『逐浪随波几度秋，此身幸未付东流。今朝才到源头处，岂肯操舟复出游！』

诗后写着：『某年月日，因返小蓬莱旧馆，谢绝世人，特题二十八字。唐敖偶识。』多九公道：『林兄可看见了？老夫早已说过，唐兄必是成仙而去，林兄总不相信。』林之洋见状才死了心，将碑上诗句抄了下来，回到船上，含泪将情形告知吕氏和兰音等人，众人无不落泪，但也无计可施。于是林之洋出舱，叫水手开船向岭南方向驶去。

船行了半年多，于次年六月到达岭南。众人来到舵楼，翘首遥望。

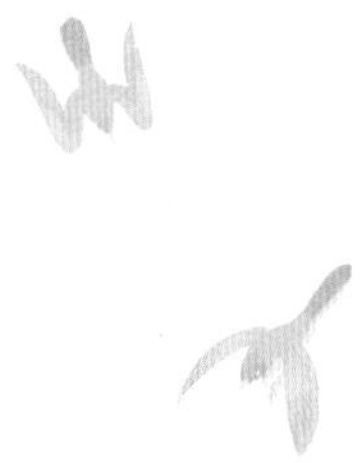

拾壹

颁恩诏，才女欲夺魁
思亲情，不畏行艰觅行踪

开女试太后颁恩诏　笃亲情佳人盼好音

回到家中，林之洋见过岳母江氏，将兰音和若花的身世告诉了她，兰音、若花上前行礼。此时，水手们将船上行李送来。林之洋查点唐敖的包裹，见只是少了笔砚。林之洋夫妇睹物思人，不免神情黯然。林之洋道：『妹妹如果询问妹夫的下落，我该如何交代？』吕氏说：『只能暂且隐瞒，就说他上长安应试去了。』次日，林之洋带着唐敖在海外所得银两，去往唐家。

唐敖的妻子林氏自从得知丈夫被贬为秀才而羞归故乡，随林之洋出海后，每天与女儿小山、儿子小峰无不牵挂。这日，小山写了首思念父亲的诗，唐敏见了，点头夸赞，说小山有希望考上才女。小山忙问：『女孩子哪能参加什么考试呀？』唐敏说：『我刚看到一道恩诏，武后要在明年七十大寿时开女科。』小山听闻说：『如此，侄女定要考上才女，为父亲争气。』

这天，唐敏领着林之洋来到家中，林氏以为唐敖也回来了。不料林之洋说：『妹夫因为革了探花，没脸回来，他定要回京继续用功，期望再次考中，这次托我将他在海外赚取的银子带回来了。』林氏母女听了，目瞪口呆。唐敏道：『哥哥虽然功名心胜，但性情为何如此大变？岂能相近咫尺，却过门不入呢？』林之洋无言以对。唐敏见状又说道：『好在侄女也要赴京赶考，不如到那时再聚，一举两得。』林氏和小山的心情这才好了些。

注释

女科，为女子开设的科举考试。正史记载中武则天并没有开设过女科，此处系李汝珍杜撰，反映了他尊重女性的进步思想。

解读

历史上武则天对完善科举制度有重大贡献，对科举考试的内容和流程都进行了创新，如首创了『殿试』，开创了『武举』。这些创新之举都是为了有效培养人才为她所用，打破了门阀世家对官场的垄断。她不分贵贱，唯才是举，从普通民众中培养了很多官员，其中虽有酷吏但也不乏能臣。武则天在位时期，虽然残害李唐宗族及一些效忠李唐的大臣，但她劝农桑，薄赋徭，最终使得百姓安居乐业，为开元盛世的出现打下了坚实的基础。

因游戏仙猿露意　念劬劳孝女伤怀

林之洋辞别林氏回家后，过了些时日，吕氏生了一子。到了三朝那天，林氏带着小山和小峰前来贺喜。见过舅母后，小山同婉如来到林之洋的岳母江氏房中闲谈，忽见从海外带回来的那只白猿从床底下拖出一个枕头来玩，小山一见，识得那是父亲的物品。于是她掀起床帏，见地板上放着一个包裹，江氏还没来得及阻拦，小山已经将包裹打开，见里面全是父亲的衣物，小山急忙追问江氏她父亲的下落。林氏和小峰也闻声赶来，见江氏支支吾吾，料得唐敖一定是凶多吉少，不觉哭了起来。林之洋也被小山寻来，小山指着包裹问父亲的下落，林之洋知道难再隐瞒，于是将事情和盘托出。林氏和小山得知唐敖是寻仙去了，这才止住哭泣。小山向林之洋提出请求，称要与他去海外寻父。林之洋再三劝阻，但小山执意要去，林之洋无奈只好应允，于是当下约好八月初一动身。小山这才告辞，跟着母亲回家置办行装去了。

到家后，小山每日在庭院中练习弹跳腾挪。林氏好奇，小山解释道：『山路难行，需要练好腿力，否则怎能寻到父亲。』不觉到了七月底，小山拜别母亲，随着唐敏来到林家。这时林之洋也置办好货物，又将多九公约来同行。他与多九公商议，让若花和婉如同行，好与小山做伴。次日大船就扬帆起航了。

行了三月，船才绕出门户山。林之洋怕小山思亲成疾，沿途每遇名山，一定带她观赏。但小山看了，反添愁容，更盼望能早日见到父亲。

小孝女岭上访红蕖
老道姑舟中献瑞草

这天，船到了东口山。林之洋向小山讲起当年骆红蕖打虎之事，小山也想跟他上山探望骆红蕖。若花、婉如也要同去。一行人走了多时，来到莲花庵，发现里面空无一人，一打听才知道，原来骆红蕖已经带着祖父的灵柩搬到了水仙村，说要回天朝去。小山等人只得扫兴而归。

他们来到岸边，见多九公同一道姑讲话。那道姑手拿灵芝，唱道：『我是蓬莱百草仙，与卿相聚不知年；因怜谪贬来沧海，愿献灵芝续旧缘。』林之洋问多九公这是什么情况，多九公说：『她疯疯癫癫，并非化缘，只是要求我们渡她到前面，她将灵芝抵作船钱，我问她要到何处，她说要去回头岸。』小山听了，不觉心中一动，说：『仙姑既然要到彼岸，那就登船吧。』多九公见此情形，也不好阻拦。进了船舱，道姑将灵芝递给小山，小山吃了，马上觉得神清气爽，于是继续请教道姑。道姑说：『我是百花友人，从不忍山烦恼洞轮回道上而来，要去苦海边回头岸，那岸上有个还原洞，我要访的是总司群芳的化身。』小山听了，似懂非懂，不觉下拜：『弟子愚昧，求仙姑收我为徒。』

此时林之洋从门外闯了进来，说：『你这妖道，在这里妖言惑众，还不快走。』小山急忙阻拦，道姑见状，对小山说了句『后会有期』，便下船走了。

当日船继续航行，不几日来到水仙村。林之洋上岸打听才知，骆红蕖和廉锦枫已经结伴回家乡了。

君子国海中逢水怪
丈夫邦岭下过险途

林之洋回到船上，正将寻访情况告知小山，忽然海里蹿出几个水怪，直向小山扑去，林之洋赶忙呼叫众水手抵御。就在此时，小山已经被水怪拖出舱外，带进水里。众人见状都乱作一团，多九公安排水手下海寻找，也没发现任何踪影。

当天夜里，林之洋吩咐水手在岸边摆上香案，他跪地祈求过往神仙救小山一命。

到了三更天，有两个道人手执拂尘，飘然而至。二人生得甚是丑陋，一个黄面獠牙，一个黑面獠牙，头上都戴束发金箍，身后跟着四个童子。林之洋一见，连连叩头，口口声声只求：『神仙救我甥女一命！』一个道人说：『请起，贫道是百介山人，他是百鳞山人，此来正是为救百花友人。』道人命两名道童入海擒凶，另两名道童也随去搭救小山。不多时，搭救小山的两名道童已归来，回报说已将小山护送回船上。两个道人将手一摆，两道童立于两旁。

又过了一会儿，早前入海的一道童牵着一个大蚌从海中上来。走到黑面道人跟前，交了法旨。随后另一道童也来岸上，向黄面道人道：『孽龙出言不逊，不肯上来。弟子本要将其屠戮，因未奉法旨，不敢擅专，特来请示。』黄面道人听闻，言道：『这孽畜如此无礼，我去会一会他』随即将身一纵，跳入海中。不一会，带着一条青龙来到岸上，道：『你这孽畜，早前触犯天条，在此受罚，如今又做此违法之事，是何道理？』青龙伏在地上说明原委，原是被大蚌哄骗，伙同作案，但见小山入水后，海水灌入其体内导致其昏迷不醒，于是匆忙寻得仙草才得以挽回了小山的性命，恳请得到大仙的饶恕。那道人指着大蚌问道：『百花仙子与你无冤无仇，你为何害她？』大蚌说：『前年她父亲唐敖来此，廉家女子为答谢救命之恩，将我的儿子杀了，取珠献给他，如今我为儿子报仇，有何不可？』道人听后，说：『你贻害苍生，绝非善类。』随后两名道人交谈后定下主意。两个孽畜的行径，本应立刻屠杀，但上苍有好生之德，免其一死。让道童将二者都押到无肠国富户的厕所中受苦。然后两名道人与林之洋道别，林之洋感激万分。

待林之洋回到船上，小山也已恢复。于是船继续向小蓬莱进发。

过了很久，众人来到丈夫国交界。此地离小蓬莱还有一千余里，岛上居民说：『虽然距离已经不远，但半路要经过田木岛，岛上有座亥木山，山上最近出了很多妖怪，专门打劫来往船只。』多、林二人听了，都很惧怕，大家也都不愿冒险。只有小山意志坚定，宁死也要前行。林之洋没有办法，只能叫众人小心，继续向前行驶。

食佳果众人遇险　施慈悲仙子降妖

这天，大船驶近一座大岭，只见山上遍植果树，四时水果俱有。船上的人老远就闻到一股诱人的果香，都想上岸去采摘水果。船刚靠岸，众人拥上前去，摘下鲜果就吃，都说香甜。林之洋、多九公也饱餐一顿，还摘了很多鲜果送到船上。怎知道，众人吃后，都渐渐变得迷迷糊糊，如同醉酒，浑身软绵绵的。小山很是警觉，说：『不是说这里有妖怪吗，舅舅为何今日就忘了呢？』不多时，从山里走来一群妇女，她们将所有人都拖到一个石洞里。小山虽清醒，但知道寡不敌众，只能假装晕醉，与其他人一起被掳了去。

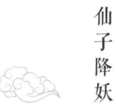

众人被掳进石洞后，小山偷偷朝上看，发现正中坐着一女妖，头戴凤冠，身穿蟒衫，极其美貌；面上有条指痕，更增许多妩媚。她旁边坐着一个男妖，年纪不到二旬，生得齿白唇红，面如傅粉，虽是男妖，却着女装。他们两侧还有两个小妖，一个面如黑枣，一个脸似黄橘，赤发蓬头，极其凶恶。女妖见一下子捉了这么多人，十分高兴，便吩咐小妖将男女分别关押起来，再用酒将他们灌得烂醉，明天好用他们酿酒。

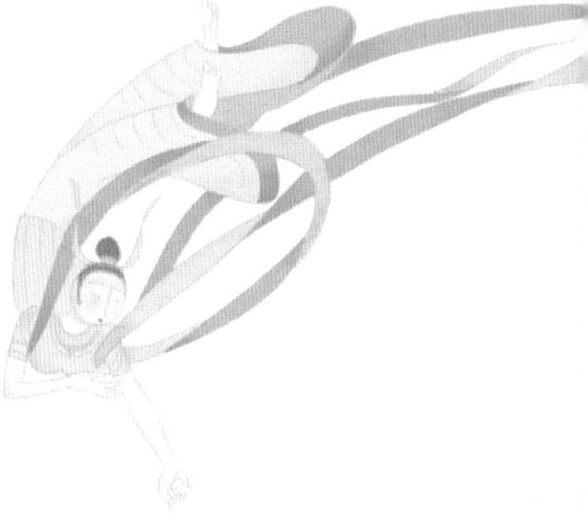

小山趁机跪地祷告，希望能有仙人来搭救大家。忽然一道姑飘然而至，对小山说：『莫要着急，我来搭救你们。』

正说着，小妖们准备给众人灌酒了。道姑说：『我的酒量大，先拿给我。』小妖应允了，只见道姑捧起酒坛大口大口喝了起来，不多时，就将搬来的几坛酒喝光了，她不但不醉，还喊着要酒喝。小妖们奇怪，继续将酒源源不断地搬过来。没过多久，道姑就把石洞里藏的酒都喝光了。这下小妖们吓坏了，赶忙去向女妖报告。女妖一听，赶忙带着其他几个妖前来一探究竟。道姑一见，开口说道：『孽畜，用酒害人，还不现了原形！』说完，把口一张，腹内的酒如喷泉般直向四个妖怪喷去。四个妖怪顿时现了原形，其余小妖都四散奔逃。原来那四个妖怪是李核、桃核、枣核和橘核变成的。

此时，大家都已经苏醒，一齐向道姑叩谢。小山问道姑来历，道姑说：『我是百果山人，因与你有缘，特来相救。』小山接着问距离小蓬莱还有多远的路程。道姑说：『远在天边，近在眼前，女菩萨自去问心，休来问我。』说罢收了四核，出洞去了。

送走道姑后，众人回到船上，继续扬帆航行。不几天，他们又遇到一座大山。多九公道：『前年到此，被风暴刮得神魂颠倒，并未理会有甚山岛。今年走到这条路上，纯是大岭。要像这样乱绕，只怕再走一年还不到哩。』林之洋道：『咱们上去探探路径。』将船停泊后，二人上了山坡。走了多时，迎面有一石碑，上面写的是『小蓬莱』三个大字。多、林二人看了，这才晓得此山就是小蓬莱。多九公道：『怪不得那道姑说「远在天边，近在眼前」，谁知今已到了。』二人随即走回，将情况告知小山。

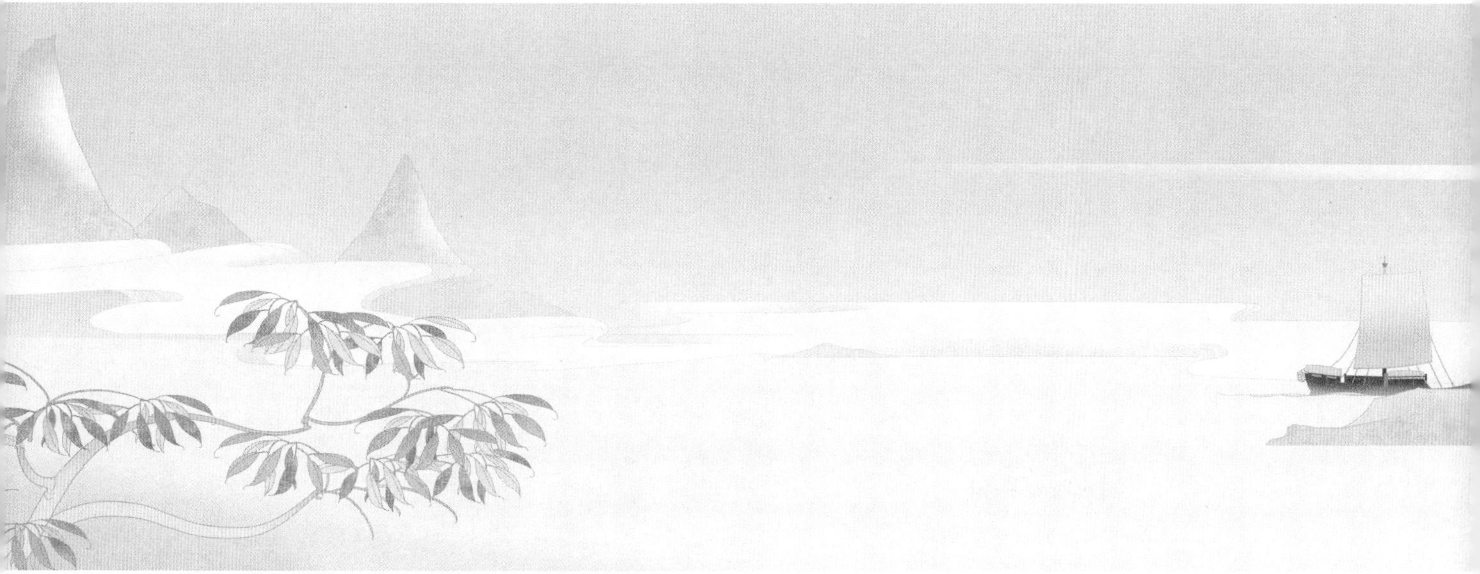

小山欢喜非常，唯有暗暗念佛。当天天色已晚，大家只能待次日赶早去探访。次日，小山对林之洋说：『父亲既然在深山隐居，必然不是一两日可以寻得的，甥女拿定主意，独自入山，仔细搜寻，舅舅只需在此看守船只。』若花也决意陪同小山前去。林之洋夫妇苦劝无果，只能答应。于是小山和若花身穿箭衣，腰佩宝剑，带足了干粮，与林之洋等人告别。林之洋千叮咛万嘱咐，望她们早日归来。

拾贰 蓬莱观碑晓仙机 孝女尊亲恩几遇 劫难返故园

水月村樵夫寄信
镜花岭孝女寻亲

姐妹二人一路前行，小山见山路迂回，唯恐找不到来时路，每逢转弯处，就在山石树木上用宝剑画一圆圈，或刻『唐小山』三字，以便回来时照旧路而行。

二人走了十余日也不见人影，这日忽见一白发樵夫，小山忙上前问询，樵夫道：『此山名唤小蓬莱，前面是镜花岭，岭下有一荒冢，过了此冢，有个乡村，名叫水月村，村内并无几个居民，不知姑娘要找谁？』小山道：『大唐有位姓唐的，前年曾入此山，如今可在前面乡村之内？敢求老翁指示，永感不忘！』樵夫道：『你问的莫非是岭南唐以亭？』小山听老人叫出父亲的表字，喜道：『正是此人。』樵夫一听，说：『巧极了，前几日他托我带一封信交给大唐的便船送至河源，姑娘到此，正好带走。』说着拿出一封信，递给了小山。小山接过，见信封上写着『吾女闺臣开拆』，心想，虽是父亲亲笔，那信封所写名字却又不同。只听樵夫道：『你看了家书，再到前面看看泣红亭的景致，就知信中之意了。』说着，飘然而去。

二人看过信后，小山对若花说：『家父要我改名闺臣，并说等我中了才女才与我相聚，我不明此中道理。』若花说：『依我看，其中大有深意。按「唐闺臣」这三字而论，大约姑夫认为虽你在伪周中了才女，其实日后还将为唐朝闺中之臣。信内嘱，误了考期，不替父亲争气，就算不孝。既然姑夫有如此严命，我们还是遵命行事吧。』小山道：『话虽如此，但我们迢迢数万里至此，岂有不见一面之理？我们继续向前走一段，再决定吧。』于是二人按照樵夫所指之路来到泣红亭。

注释

伪周，指的是武则天创立的武周（690—705年）。

解读

李汝珍虽然在镜花缘中表达了女性意识的觉醒，但对武则天作为女皇的看法还是相对保守的，他更希望李唐宗族的旧有势力重新执掌朝政。

睹碑记默喻仙机 观图章微明妙旨

两人正要进入亭子，忽听亭内一声响，接着出现万道红光，红光中现出一位魁星：左手执笔，右手执印，生得花容月貌；驾着彩云，金光旋绕，霎时起在空中，直向斗宫去了。

进入亭子，亭中竖有一白玉碑，上面刻有一百个才女的名字。小山仔细看去，第十一名就是唐闺臣，阴若花、林婉如、廉锦枫等人也在其中。小山对若花说：『我闻古人有「梦观天榜」之说，莫非此碑就是天榜？』若花却道：『碑上都是篆文，我一字不识，你却都识得？』小山说：『这是楷书，姐姐莫非逗趣？』若花揉了揉眼，再看还是篆文。若花便知这是天机，自己无缘得知。

泣红亭书叶传佳话 流翠浦搴裳觅旧踪

小山又看到人名后有一段总论，总论后还有个篆字图章，她想将全文都抄下来，但愁于此行未带笔墨纸砚。若花捡了几片蕉叶，又用剑削了几根竹签，小山接过，将蕉叶放在石几上，用竹签写了数字，笔画分明，不觉欣喜，于是赶紧将碑记都抄了下来。但她所写楷书，到了若花眼里又成了篆文。

抄好后，二人在亭中歇了一夜，次日沿旧路返回。接连走了两天，这日正朝前行，路旁有一瀑布，只闻水声如雷，峭壁上镌着『流翠浦』三个大字。瀑布流下之水，漫延四处，道路甚滑。二人只得携手，提着衣裙，缓缓前行。走了多时，过了流翠浦。前面弯弯曲曲，尽是羊肠小道，岔路甚多，很难分辨。

于是二人去寻找来时所留下的记号，虽将字迹寻着，却发现之前写的『唐小山』三个字都变为了『唐闺臣』。小山看了诧异道：『怎么竟有如此奇事！』若花道：『看来是姑父的手段，他必然已经成仙了。』

遇难呈祥马能伏虎　逢凶化吉妇可降夫

这天她们来到一座大岭，此处道路崎岖，两人攀藤附葛，若花只觉两足痛入肺腑，连忙靠着一棵大树坐在山石上。此时忽听树叶唰唰乱响，霎时起了一阵旋风，半山中蹿下一只老虎。二人一见，只吓得魂不附体，战战兢兢，各从身上拔出宝剑，携手站立。老虎正要朝二人扑来，忽听空中一阵鼓声，如同雷鸣，由高峰蹿下一匹白马：浑身白毛，背上一角，四只虎爪，一条黑尾，口中发出鼓声，飞奔而来。老虎见状，瞬间逃窜无踪。若花问小山：『这是什么野兽，连老虎都怕它？』小山说：『这大概是书中说的驳马吧。』驳马走向二人，摇头摆尾，很是亲昵。小山见它如此驯良，用手在它背上抚摸，求驳马道：『我们其中一人足疼，难返归程，你若通灵性，可否将我们驮过岭去？』驳马点点头，任凭小山将丝绦缠在它颈上。小山将若花扶上马背，自己坐在若花后面。一切准备停当，驳马放开四足，朝岭上奔去，不多时越过山岭，将小山和若花送至岭下，然后就奔走了。

小山和若花休息片刻，正要赶路，忽然林之洋等人赶了来，将她二人送回船上。到了船舱，小山将这段时间的经历都告知众人。林之洋看了唐敖的信，十分高兴，说：『既然如此，如今早早回去，以免你母亲在家挂念，将来甥女考中才女，你父亲如不回家，我们仍旧同来。』小山听罢，说道：『舅舅既允日后仍旧同来，甥女何必忙在一时？就遵舅舅之命，暂且回去，将来再计较。』林之洋点头道：『甥女这话才是，但你父亲信内嘱你改名「闺臣」，自然有个道理，今后必须改了，才不负你父亲之意。』于是唐小山自此改名唐闺臣。

于是众人继续扬帆起航，一路顺风。这日来到了两面国，却起了风暴，众人只得将船靠岸。次日，风暴停息，大家正要出发，见无数小舟蜂拥而至，将大船围住，许多强盗跳上船来。为首的正是当年被徐丽蓉用弹弓打伤之人。他下令将闺臣、婉如、若花及粮米衣箱都装上小舟，运往山寨。林之洋见状捶胸顿足，吕氏号啕大哭。

闺臣姐妹三人被掳上小舟，不多时就被带到山寨。里面有个妇人道：『相公为何去了许久？』大盗道：『我恐昨日那个黑女不中夫人之意，今日又去寻了三个丫鬟回来。』转身向闺臣三人道：『你们为何不给夫人磕头？』三人见那妇人年纪未满三旬，生得中等身材，满脸脂粉，浑身绫罗，打扮却极妖媚，三人只得上前道了万福，站在一旁。妇人笑道：『今日山寨添人进口，为何不设筵席？』旁边走过来两个老嬷，道：『早已预备，就请夫人同大王前去用宴。』妇人让老嬷带了一个黑女进来，将黑女同闺臣姐妹带至筵席前，分在两旁侍立。大盗手里拿着酒杯，喜得连饮了数杯，道：『夫人何不命这四个丫鬟轮流把盏，我们痛饮一番，如何？』妇人听了，哼了一声，只得点头道：『你们四个都与大王轮流敬酒。』若花忖道：『这个女盗既让我们斟酒，我们趁此将他们灌醉，岂不好？』随即上前替他夫妻二人满满斟了一杯酒，同时向闺臣、婉如暗暗递个眼神。二人会意，也上前轮流把盏。那个黑女见她们都去斟酒，只得也去斟了一巡。

大盗哪里禁得住四人不停斟酒，不一会儿就饮得前仰后合，身子乱晃。妇人看着，不觉冷笑道：『我看相公莫非喜爱她们？我房中有老嬷服侍，相公既然喜爱，不如把她们四个都带去为妾，难道不好吗？』大盗道：『夫人此话果真吗？』妇人道：『怎好骗你！我又不曾生育，你同她们成了喜事，将来多生几个儿女，也不枉如此操劳。』

姐妹三个顿时面如傅土，身似筛糠，欲寻短见。大盗听了，喜笑颜开，望着妇人深深打躬道：『拙夫意欲纳宠，已非一日，唯恐夫人见怪……』话未说完，那妇人早把筵席掀翻，弄了大盗一身酒菜，她放声哭道：『我只当你果真替我寻丫鬟，哪知却存这个歹意！你既有心置妾，要我何用？我又何必活在世上！』说罢拿了一把剪刀，对准自己的咽喉，直向颈项狠狠刺去。大盗一见，忙把剪刀夺过，跪求道：『刚才只因多饮几杯，酒后失言，求夫人饶恕，从此再不妄生邪念了。』妇人仍是啼哭，寻死觅活，大盗心慌意乱，无计可施，只得赔礼认罚，命几个喽啰重责自己二十板子，于是趴在地下。喽啰无可奈何，只得举起竹板轻轻打去。大盗假意喊叫，只求夫人饶恕。刚打到二十，妇人对喽啰道：『要我饶他，必须重打，你们都是糊弄我，我如若不满意，便要了你们的命。』

走穷途孝女绝粮
得生路仙姑献稻

喽啰见状，拿起竹板狠打。大盗求饶道：『愚夫吃不消了！』妇人说：『你为什么想讨？我如果讨个男妾，你可乐意？我不打你别的，我只打你贪财好色，忘却糟糠之情。要把你打得骄傲全无，我才甘心！今日打过，你若还要讨妾，必须替我先讨男妾，我才依你。』喽啰一连打了八十大板，大盗昏晕数次，好不容易才苏醒，说道：『求夫人快为我备后事，我要与你永别了。』

妇人见大盗命已垂危，不能再打，只得命人将他抬上床去。妇人命喽啰将四人送回，连所劫衣箱也都发还，省得她丈夫日后睹物又生别的邪念。喽啰随即将四人引至山下交付给林之洋，说道：『今日大王因你四个女子反吃大苦，少刻必来报仇。你们快快开船逃走。若再迟延，性命难保！』林之洋连连答应。多九公问那黑女：『请问姑娘尊姓？为何到此？』黑女垂泪道：『婢子姓黎，乳名红红，黑齿国人氏，父亲早已去世。昨日我同叔父来海外贩货，不幸在此遇盗。叔父寡不敌众，被他害死了，我也被掳上山去，今幸放归，但孑然一身，举目无亲，尚求格外垂怜！』黎红红随即被请上了船，与众人见礼，并与闺臣等拜了姐妹。

船刚开，众水手说：『船上米粮都被劫得颗粒无存，如今饿得头晕眼花，哪还有气力去拿篙弄舵！』林之洋与众人商议，只好饿着肚子朝淑士国进发，但愿遇到客船，出高价购买食物救急。众水手只好坚持航行，过了两天两夜，仍未遇到一只船。此刻偏偏迎来了大风，真是雪上加霜。忽见岸上有一道姑，手中提着一个花篮，满面焦黄，前来化缘。众水手道：『我们还想上去化缘，你倒先来了。』那道姑听了，口中唱出几句歌儿：『我是蓬莱百谷仙，与卿相聚不知年；因怜谪贬来沧海，愿献「清肠」续旧缘。』

闺臣听了，忽然想起去年在东口山遇见的那个道姑，她唱的倒也像是这个歌儿，不知『清肠』又是何物，就携了若花和婉如走到船头，说：『仙姑请了，来船上喝杯茶歇歇可好？』

道姑道：『小道哪有工夫闲谈，只求布施一斋足矣。』闺臣道：『仙姑化斋，理应奉敬，奈船上已绝粮数日，尚求海涵。』道姑道：『小道化缘，只论有缘无缘，与别人不同。若逢无缘，即使彼处米谷如山，我也不化；如遇有缘，设或缺了米谷，我这篮内之稻，也可随缘乐助。』说完，将手中花篮掷上船头，说句『失陪了，我们后会有期。』，就飘然不见了。婉如道：『三位姐姐请看，道姑给的这个大米，竟有一尺长。』三人看了，正在诧异，适值多九公走来，道：『此物从何而来？』闺臣告知详情。多九公道：『此是「清肠稻」。』当日老夫曾在海外吃过一个，足足一年不饥。现在我们船上共计三十二人，今将此稻每个分作四段，恰恰可够一顿，大约可以数十日不饥了。』多、林二人即将清肠稻拿到后面，每个切作四段，分在几锅煮了。大家吃了一顿，个个精神陡长，都念道姑救命之德。

寻旧友同归大唐
觅知音返乡赴试

待到船将要行至黑齿国，红红对闺臣说：『我有一女伴叫亭亭，她曾说如果外邦开有女科，哪怕千山万水，她也要去试试，若不中个才女，至死不服。如今天朝已开女科，可否邀她同去？』于是闺臣又央求林之洋，带她到当年卖过货物的女学塾寻访。林之洋应许，待靠岸后，一行人来到女学塾，见到了亭亭和她的母亲缁氏，说明了来意。亭亭十分开心，闺臣与亭亭也相谈甚欢，相互切磋学问，闺臣自觉亭亭才华不在自己之下。缁氏自幼饱读诗书，也愿意一同去天朝赴试。

经门户山一日千里 过千重嶂风卷云驰

缁氏将房屋田产及一切什物都托给亲戚照应。天已日暮，林之洋雇人挑了行李，一齐上船。吕氏出来，彼此拜见。多九公备齐了粮食，吩咐开船，一路顺风前进。

这日顺风甚大，众水手道：『你看这船被风吹得就如驾云一般，比快马还急，但水面却无波浪。』

又走几时，众人来到山脚下。林之洋走到柁楼上，忽听多九公大笑道：『林兄来得恰好，老夫正欲请教：迎面是何山名？』林之洋道：『我当日初次漂洋，曾闻九公说，这大岭叫门户山，怎么今日倒来问我？』多九公道：『老夫并非故意要问，只因目下有件奇事。当日大禹开山，曾将此山开出一条水路，舟楫可通，后来就将此山叫作门户山。谁知年深日久，那路被淤泥壅塞，以致船只不通，虽有「门户」之名，竟无可通之路。今日波涛汹涌，竟将那淤断处冲开了！』林之洋也不等他说完，喜得连忙立起，看那山当中，果然波涛滚滚，已无当日淤断光景。正在观看，船已进了山口，就如快马一般，蹿了进去。

拾叁 白猿窃书传有缘人 众姐妹结伴赴长安

通智慧 白猿窃书 显奇能 红女传信

一路行来，不知不觉到了七月下旬，船抵岭南。大家收拾行李，多九公别去，林之洋同众人回家。大家见面后，真是悲喜交集。闺臣将父亲之信递给母亲，林氏见了丈夫亲笔家书，也就略略放心了。

次日，林氏带着儿女，同亭亭母女和红红一同回家，恰好良夫人带着廉亮、廉锦枫及骆红蕖也从海外归来。良氏说了当年唐敖救女儿，后来尹元为小峰做媒的事，林氏知道得了一个文武双全的儿媳，甚是欢喜。晚上，闺臣同兰音、红蕖回到楼上，她将在泣红亭抄下来的碑记取出让二人观看，她们也都不识得。此时，白猿不知从何而来，也在旁观看，兰音笑道：『莫非白猿也识字？』闺臣道：『当日我在抄写时，白猿不时在旁观看，那时我曾对它说过，将来如将碑记付一文人作为稗官野史，流传海内，算它一件大功。不知它可领略此意。』骆红蕖向白猿笑道：『你能建此大功吗？』白猿听了，口中哼了一声，点了点头，手捧碑记，将身一纵，蹿出窗外去了。三人望着楼窗发愣。

随后忽从窗外跃进一个少女：十四五岁年纪，上穿红绸短衫，下穿红绸单裤，头上束着红绸渔婆巾，底下露着一双三寸红绣鞋，腰间系着一条大红丝绦，胸前斜插一口红鞘宝剑，生得十分美丽。红衣少女道：『我姓颜名紫绡，原籍关内。祖父曾任本郡刺史，后因病故，父亲一贫如洗，无力返乡，就在这里教书度日，前年父母相继去世，听闻武后要开女科，我也想前去，望闺臣姐姐能带我同去。』闺臣想到，碑记上所记载的剑侠，当是此人。闺臣接着问：『这事情还需向我叔父禀告，妹妹为何不走门户，越墙至此？』颜紫绡道：『我幼年跟着父亲学会剑侠之术，即便相隔数里，也能转眼来去。』

闺臣道：『妹妹来去神速，我有一事相求。』紫绡道：『姐姐有何事要妹妹效劳，我一定尽力。』于是闺臣写了封书信，说：『可否到离此三十余里的林家邀婉如妹妹来此一同赴试？』紫绡接过信，说了声『失陪』，便将身一纵，蹿出楼窗。兰音叹道：『世间竟有如此奇事，将来上京赴试，有此人同行，可以放心了。』

诣芳邻姑嫂巧遇
携众友长安赴试

次日中午，只见林婉如、阴若花、田凤翾、秦小春姐妹四个，竟自携手而来，拜了林氏、史氏，见了闺臣、兰音、红红、亭亭，并与骆红蕖、廉锦枫见礼。闺臣又引她们见了良氏、缁氏。同到内书房，姐妹十个，一同相聚，好不畅快。

第二天，众姐妹来到临近的白衣庵，老尼未空原是在骆宾王家教过书的祁乔琴之妻，认出了骆红蕖是骆宾王之后，唤出骆承志的未婚妻宋良箴，她因避难而隐居在庵内。双方认了姑嫂，一同回到唐家。

不久，缁氏也随他们姐妹十一个同去赴试。喜得太后诏内有命女亲随一二人伴其出入之话，因此，凡有女眷伴考，都不稽查。点名时，暗用丫鬟顶替，缁氏混在其内，胡乱考了一回，居然通过县考，接着大家又都通过了郡考。林氏说：『郡考录取不足二十人，我家有十二人考中，明天又是闺臣叔父的五十大寿，理应设摆宴席，热闹热闹。』

拾肆 武后考闺才 众姐妹得封赏

观考卷选才唯能　顶盛典奉命抡才

到了三月初三部试之期，闺臣同诸姐妹并天下众淑女齐到礼部听点入考，密密层层，好不热闹。

待到二十二日放榜这天，阴若花中了第一名部元，唐闺臣中了第二名亚元。考官卞滨同孟谟带领司官，捧了各卷，进朝面呈。武后把卷子看了数本，道：『不意闺阁中竟有如此奇才，而且有外邦才女，真可谓一时之盛了。』

武后打破历来把考卷上名字糊住的惯例，开卷发现没有姓卞和姓孟的女子。武后言道：『前者朕阅各处所进淑女试卷，内河南道有孟姓八女，淮南道有卞姓七女，其余同姓的亦复不少，今年部试，今将各卷看来看去，无一人，实乃怪哉！』卞滨同孟谟奏道：『圣上所言女子，都系臣等家属，现今我等是考官，所以令其回避。』武后听完，下旨道：『一律不用回避，准予补考，通过部试后，再来参加殿试。』

放黄榜太后考闺才 守寒夜才女盼佳音

不知不觉，到了四月初一殿试之期。闺臣于五更起来，带众姐妹到了禁城，同众才女齐集朝堂，山呼万岁，朝参已毕，分两旁侍立。那时天已发晓，武后闪目细细观看，只见个个花能蕴藉，玉有精神，于那娉婷妩媚之中，无不带着一团书卷秀气，虽非国色天香，却是彬彬儒雅。

武后当即出题，众才女用心答卷。武后也不回宫，就在偏殿进膳。到了申时光景，众才女俱各交卷退出。原来当年唐朝举子赴过部试，从无殿试之说，自武后开了女试，才有此例，这也就是殿试之始。当时武后命上官婉儿帮着一同阅卷。所有前十名，仍命六部大臣酌定甲乙。诸臣选取了唐闺臣为第一名殿元，阴若花为第二名亚元。武后择于初三五更放榜。

初二这天，红文馆里的淑女们都像热锅上的蚂蚁，闺臣托多九公买一份题名录，多九公兴冲冲地就出去了。到了夜间，众姐妹从二更盼到五更。待到天已发晓，外面鸦雀无声，不但并无炮声，连报喜的也不见了。众姐妹面面相觑，一言不发。

小才女欢宴不知时 老国舅黄门进奏表

忽听外面隐隐的一片喧嚷，原来多九公同来要面见众小姐。众人都迎到门前。只见多九公跑得满脸是汗，走到厅前，望着众人说了一声『恭……』，那个『喜』字不曾说完，只是吁吁气喘，说不出话来。姐妹们将多九公搀扶到厅堂，端了茶水，他才略觉好些。闺臣道：『请问九公，题名录可曾买来？』多九公连连摇头，停了片刻，望着众人把胸前指了一指，从怀中取出一个名单递给闺臣。闺臣展开同众人观看，只见上面写着：『钦取一等才女五十名、二等才女四十名、三等才女十名……』若花恐众人看不见，未免着急，便顺口高声朗诵，从头念了下去，直到把一百名才女的名字念完。在场的个个榜上有名，大家这才转忧为喜。

多九公这时喘过气来，跟众人说：『这是自古未有的盛事，所以一经放榜，众才女都要进宫谢恩。』姐妹们草草用过饭，匆忙来到宫内，会同全体才女一同上殿。武后将一等的五十名授为『女学士』，二等的四十名授为『女博士』，三等的十名授为『女儒士』，并各赐金花，传旨大摆红文宴。

武后连着赐宴三日，接着公主又赐宴两日。才女们天天聚会，唤姐呼妹，彼此叙谈，不但个个熟识，并且极其亲热，每到席散分手，甚觉恋恋不舍。

第六日，才女们又一起去拜见卞、孟二位考官。此时，有内侍传旨，宣众位才女进朝领御赐笔砚，并召见阴若花问话，众人不知何事。

原来，女儿国国王派国舅带来贡品，并上书，其意大致是，西宫皇后已死，其子也已亡，继承人现在只有若花一个了，希望若花回国。武后说：『朕封你为「文艳王」爵，特赐蟒衣一袭，玉带一条。可速返本国，下慰臣民之望，上宽尔父之心，即随来使去吧。』若花连连叩谢道：『臣蒙圣上天高地厚，破格荣封，虽粉身碎骨，不能仰报万一。』

受荣封三孤膺敕命 奉宠召众美赴华筵

若花接着说：『臣国西宫之患虽除，但族人良莠不齐，心怀异心者很多，若稍不留神，祸起萧墙，恐遭不测，恳请陛下开恩，派三四位能干之人同去数年。』武后说：『此事不难，你若有中意者，可报上名来。』若花道：『臣意中虽三人，唯恐冒渎天颜，不敢妄奏。』武后道：『这三人是何名姓？你且奏来。』若花道：『这三人皆新中才女，殿试俱蒙特取一等。一名枝兰音，岐舌国人；一名黎红红，一名卢亭亭，俱黑齿国人。此三人文理尚优，遇事谨慎，足可为臣膀臂。倘蒙圣上敕此三人同去，臣得保全，没齿难忘。』武后当即一口答应，命侍女宣三人进宫。武后面谕三人道：『朕命阴若花回他本国，你们本系海外之人，原拟各遣归国。今因阴若花奏请，特派尔等伴她回去，皆授为东宫护卫大臣，今授枝兰音为东宫少师学士之职，黎红红为东宫少傅学士之职，卢亭亭为东宫少保学士之职。各赐蟒衣一件，玉带一条。限十日内随来使护送若花回国。』众人听闻，向武后叩谢之后散去。

次日，卞滨在自家花园设了二十五桌酒席，百名才女到此吟诗作画，十分欢畅。这花园十分宽敞，卞滨便又将其借给才女们轮流还席，欢聚多日。

拾伍 再返蓬莱觅亲 闺臣结仙缘

文艳王奉命回故里　女学士思亲入仙山

转眼间若花回国的钦限已到，四人与国舅上朝谢恩后一同又回到红文馆，九十六位才女齐来送行。国舅的仆人将三辆飞车停在院中，一字排开。飞车造型奇特，众人都甚是好奇，围在一起观看。

此时，国舅安排自己与若花、红红、亭亭、兰音及仆人先后上车，四人与众姐妹依依惜别。待用钥匙启动飞车的机关，只见那些铜轮，横的竖的，莫不一齐运动：有如磨盘的，有如辘轳的，好像风车一般，个个旋转起来，转眼间离地数尺，直朝上升，有十余丈高，直向前方去了。大家望眼连天，凄然各散。

随后众才女纷纷请假返乡。后来得知，女儿国国王已经去世，若花做了国王，兰音、红红和亭亭都成为护卫大臣。

过了些日子，唐小峰与骆红蕖成了亲，骆承志派人接宋良箴到小瀛洲合卺，婉如与田凤翾的哥哥田廷完婚。为闺臣做媒之人也络绎不绝，但闺臣定要等父亲回来做主，林氏只能一一回绝。

迟迟不见父亲回家，闺臣同母亲商议后，与林之洋约定，准备再次出海，去小蓬莱寻父，出发的时间定在七月初。这天晚上，闺臣正在收拾行李，紫绡从窗外闪入，说：『听说贤妹即将远行，唯恐此去万里迢迢，困难重重，我想与你结伴而行，你意下如何？』闺臣听了，虽觉欢喜，但踌躇半晌，说道：『虽承姐姐美意，但我此去，倘寻得父亲回来，那就不必说了，若父亲不归，或寻不到他，我也有修炼的打算，未必再归来，尚望姐姐详察。』紫绡道：『若以人情而论，夫妻父子团圆，是人生一件正事。但据咱想来，团圆之后，又将如何？乐聚之后，又将如何？再过几十年，都会缘尽，谁又能逃过一死呢？此番同你前去我另有痴想，如若伯伯不肯回来，不但贤妹可脱红尘，连我也可逃出苦海了。』闺臣道：『姐姐既有此意，与妹妹心事相合，就请明日过来，以便同行。』紫绡点点头，将身一纵去了，次日便把行李搬来。林氏正愁女儿无伴，今见颜紫绡同去，甚是欢喜。

闺臣、紫绡到了林之洋家，多九公因从京城回来，一路过于辛苦，不能同去。林之洋又带了几样货物，托岳母江氏在家照应，带着儿子、吕氏、闺臣和紫绡，辞别众人，上了海船，直往小蓬莱进发。沿途虽卖些货物，也不敢过于耽搁，只向抄近水面走去。不知不觉过了新春，众人于四月下旬到了小蓬莱。

注释

飞车，来自周饶国，在山海经中有记载：『周饶国在其东，其为人短小，冠带。一曰：周饶国在三首东。』

解读

在西方神话和东方神话中，都有形态各异的矮人和巨人存在，比如周饶国国民，他们虽然身材矮小，但聪明异常。

受惊吓罹患急症
反武周勤王聚才

闺臣同紫绡别了众人，上山去了。林之洋等了几日，不见二人回来，十分着急。他每日上山探听，仍不见她们的踪影。此时海上秋凉，山林萧瑟。这日他正在山上探望，忽遇一个采药的女道童。

那个女道童将两封信递给林之洋，道：『是唐、颜二位仙姑家书，拜烦顺便替她们寄去。』林之洋把信接过，正要细细盘问，那个女道童忽然不见，迎面却站着一个青面獠牙的夜叉，吼了一声，奔了上来。林之洋连说：『不好！』直向山下飞跑，那夜叉也随后跟来。

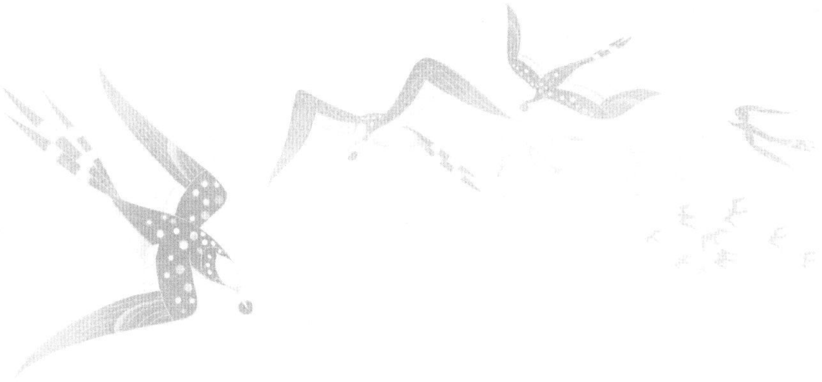

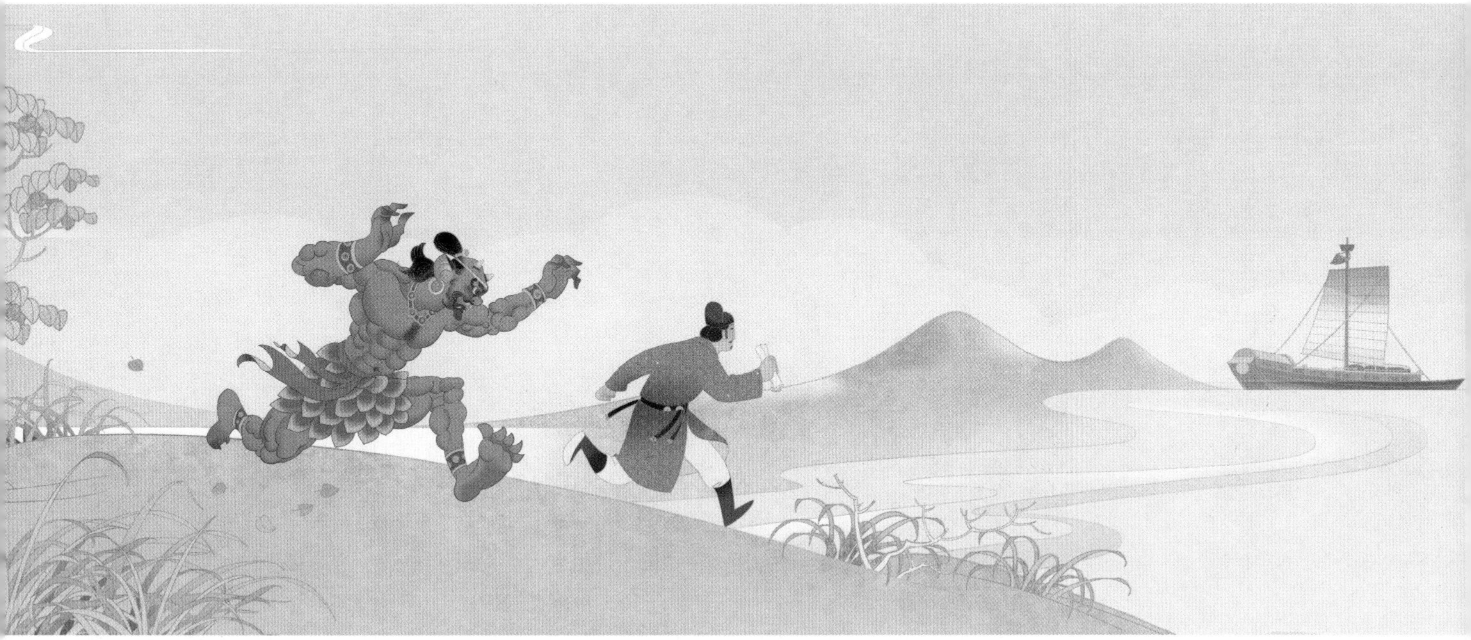

林之洋跑到船上，忙叫放枪。众水手放了几枪，虽打在那夜叉的身上，但他只当不知，仍是连声吼叫，要向船上蹿来，吓得众人慌忙开船。林之洋连日上山辛苦，又吃这一吓，竟浑身发烧，卧床不起，足足病到次年三月回到岭南，还未大好。吕氏把两封信送交林氏，林氏看了，知道闺臣看破红尘，不肯回家，只哭得死去活来。颜崖接了妹子之信，也是诉说看破红尘之话，并嘱哥哥即到小瀛洲投奔骆承志，日后勤王，立点功业，好谋个出头之日。颜崖得了此信，约了婉如丈夫田廷一同前去，并托小峰向骆红蕖要了一封家信。于是三人向小瀛洲进发，路上遇到廉亮、尹玉、魏武、薛选。小峰将情况说明，几人都愿意同去。

七人晓行夜宿，这日来到小瀛洲山下。颜崖拿出骆红蕖的信交给小卒，令其上山通报。史述同骆承志、李素迎下山，见面通名。史述见几人如同七只猛虎，十分威武，甚是喜欢，立即请上山。史述令人摆设酒筵，诸位公子按年龄坐下，商议联合徐承志共图大业。因担心起义后家眷受影响，于是几人都陆续将家眷接来。

拾陆 践盟约起誓反武 建奇功中宗复位

秉忠诚部下起雄兵 施邪术关前摆毒阵

这日，几人正操练武艺，忽有小卒来报：『徐公子到。』于是众人将徐承志迎进山寨。徐承志告知众人，定于明年三月初三起义，先到房州迎回庐陵王，以便出师有名。众人本想挽留徐承志多住几日，但徐承志另有急事，便匆匆告别下山了。

过了正月初一，淮南的文芸、河东的章荭与史述彼此知会。三人集齐了约二十万人马，定于三月初三一起发兵，因庐陵王早先已被武后召进宫，于是就推其堂弟李素在大营执掌兵权。众人替李素写了六封信，分别给了张柬之、桓彦范、李多祚、袁恕己、薛思行和崔元暐几人。因此六人忠于李唐，须这六人做内应，先除内患，里外夹攻，方易成事。

之后，大军扯起复唐灭周的义旗，浩浩荡荡地杀向长安。

抵抗义军的武氏兄弟在长城外另起四座高关，北边的叫西水关、西边的叫巴刀关、东边的叫才贝关、南边的叫无火关，且兄弟四人皆有妖法。于是义军便在西水关会齐，筹划计策。

解读

武氏兄弟布的四关，北名酉水，西名巴刀，东名才贝，南名无火，总称『自诛阵』。阵中不设一兵一卒，但那些见酒贪杯、见财起意、见色起意、见气而怒的，都无一例外命丧其中。故事告诫我们，人生最大的敌人是自己，只有努力克服自己内心的阴暗面，保持清醒的头脑，拥有刚正的品质、宽广的心胸，才能走出困境，通向成功。

仙姑山上指谜团 节度营中解妙旨

次日，武四思在酉水关摆阵耀武扬威，挑衅义军前来破阵。义军先后派多名将士杀入，都惨败而归，不少将士还被扣留在阵中。原来阵中酒气熏人，那些不会饮酒的早已晕倒在地，那会吃酒的也先有三分醉意，后来更是被熏得糊里糊涂。燕紫琼道：『妹子且到小蓬莱求求闺臣姐姐。她如今业已成仙，兴许有办法破阵，但不知能否见到，只好碰碰运气。』说着，将身一纵，已无踪影。

紫琼来到小蓬莱，走到那块石碑跟前，见有个道姑在那里采药。于是紫琼把要访唐闺臣、颜紫绡之意说了。道姑道：『我在此多年，并未见此二人。女菩萨访她二人有何话说？』紫琼把起兵被困之话说了。道姑道：『他这四阵，虽有酉水、巴刀……各名其实总名「自诛阵」。此时虽有几人困在其内，他断不敢伤害，他若伤了一人，其阵登时自破。』紫琼道：『请教仙姑可有破他之法？』道姑笑道：『我们出家人只知修行养性，哪知破阵之术。据我愚见，女菩萨何不「即以其人之道还治其人之身」呢？』紫琼听后正要继续追问，那个道姑忽然不见了。她知是仙家前来点化，只得望空拜谢。

回到大营，紫琼对众人说了道姑之言，大家都摸不着是何意。文芸道：『他们出入毫无挂碍，何以我们一经进阵就被醉倒？必定另有趋避之法。那仙姑所说「即以其人之道还治其人之身」，定是这个缘故。必须把他兵丁捉住一个，看他身上带着何物就明白了。』不多时，卞璧、史述捉住一个大汉，从他身上搜出一张黄纸，上写『神禹之位』四个朱字。细拷那人，才知武四思军中凡有从阵内出入的，胸前都放这张黄纸，每逢摆设此阵，手下兵将俱不准饮酒，倘有一人在本日预先犯了酒戒，连随去之兵无论多寡，也都困在阵内，身上虽带灵符也不中用，还要焚香叩祝，说个『戒』字，才能保得入阵不为所困。文芸随即按此法行事，随后分派各路人马，冲向酉水阵。

武四思正自得意，做梦也不知对方今日来破阵，一切并未准备。众兵冲入阵中，武四思被乱箭射死，其家眷被打入囚笼。城上供着一个女像，一个男像，却是仪狄、杜康，还有几十盏灯，被徐承志击得粉碎。这里刚把牌位击了，酉水阵未尽的妖气化作一阵狂风也都散了。

逞雄心挑战无火关
启欲念被围巴刀阵

歇兵一日，义军即向无火关进发。那日离关五里安营扎寨，探子来报，关前已摆无火阵，外面看不见兵马，唯见许多云雾围护。次日，林烈一马当先，前去挑战，同武七思斗了几合，武七思回马便走。林烈道：『你不过引我进阵，我倒要进去看看！』来到阵前，武七思朝里一闪，早已不见。林烈冲进阵内却不见武七思的踪迹，不多时，林烈被幻象所迷，双手举起大刀一阵乱砍，顿时其无名火引起阵内邪火，四面热气都向口鼻扑来，他一跤跌倒，昏了过去。

次日，谭太、叶洋进阵，也无消息。文芸十分着急，暗中命人把武七思的兵丁捉了一个，细细搜检，见其胸前有一张黄纸，上面写着『皇唐娄师德之位』。大家甚喜，立时沐浴焚香，写了许多分给众兵，遵照之前方法，说个『戒』字，戴在胸前。到了晚上，人马安排妥当，号炮一响，义军就冲杀过去。哪知等了许久，竟似石沉大海。文芸又将那兵丁提出再三拷问，兵丁受刑不过，才说出实情：原来身上虽带了黄纸，仍须写个『忍』字焚化，跪吞腹内，方能进阵出入自如，但不许动怒生气，一经误犯，更有性命之忧。文芸命人把他打入囚笼，即如法炮制，果然把阵破了。待攻进城内，武七思久已逃窜。城上供着共工、项羽、蔺相如、朱亥诸人牌位，当即焚毁。阵内所困谭太、叶洋、林烈三人均已无救，随即盛殓。大兵陆续进关，李素安抚百姓，秋毫无犯。

这日义军来到巴刀关外安营下寨。之后，阳衍、章芹、文其、文菘先后冲进阵去，几人在阵中被女色迷惑遭害。隔了一日，武五思命人把四具尸首送到大营，并劝文芸、章荭『早早收兵，若再执迷不醒，这四人就是前车之鉴』。死去的几名将领的女眷得知消息，冲上阵来，不出几个回合便被武五思刺死。义军抢回尸体后将其与早前几名死去的将领一起殡殓。

次日，众兵将还是未能破阵，本想再抓来地方小卒一探究竟，也未能得逞。正在此时，燕紫琼从小蓬莱回到营中，言道：『适蒙仙人赐了灵符一道，灵药一包。此符乃请柳下惠临坛，临期焚了，自有妙用。』文芸道：『这药有何用处？』紫琼道：『据说此药是用狠兽之心配成。凡去破阵之人，必须腹内先吃了狠心药，外面再以「柳下惠」三字放在胸前。到了阵内，随他百般蛊惑，断不为其所害，再有灵符之力，其阵自然瓦解。』

到了二更，文艺派了兵将，焚了灵符，把阵破了，攻进城去。里面虽有张易之差来的几员将官，但禁不住众将领一击，他们早已抱头鼠窜。来到武五思家中，这里一无所有，唯供着许多女像，当即一一焚毁。文艺也领大兵进城。

歇宿一宵。次日大队人马又朝前进。

迷本性将军游幻境 发慈心仙子下凡尘

这日来到才贝关。武六思早已把阵摆了，来到战场喝道：『谁敢破我此阵！』章茳纵马出来，同武六思略斗两合，即冲进阵去。到了里面，只见四处青气冲霄，铜香透脑。章茳不觉叹道：『世上腐儒只知妄说铜臭，哪晓其香之妙，可惜未被这些臭夫闻此妙味。』远远望去，各处银桥玉路，朱户金门，光华灿烂，颇有富贵景象。走近看，虽然满世界金银，但地面之上白骨累累。但此时章茳早已被金钱蒙蔽双眼，甚至想在此安家，正逢一高堂大厦，被管家奴婢迎进门，于是做了这里的主人，娶妻纳妾，天天珠围翠绕，美食锦衣，享尽人间之福。不知不觉，他竟然已年过八旬。这日，他拿镜子一照，只见自己面色苍老，瞬息六十年如在目前。当日来时是何等强壮，哪知如今老迈龙钟，如同做了一场梦。

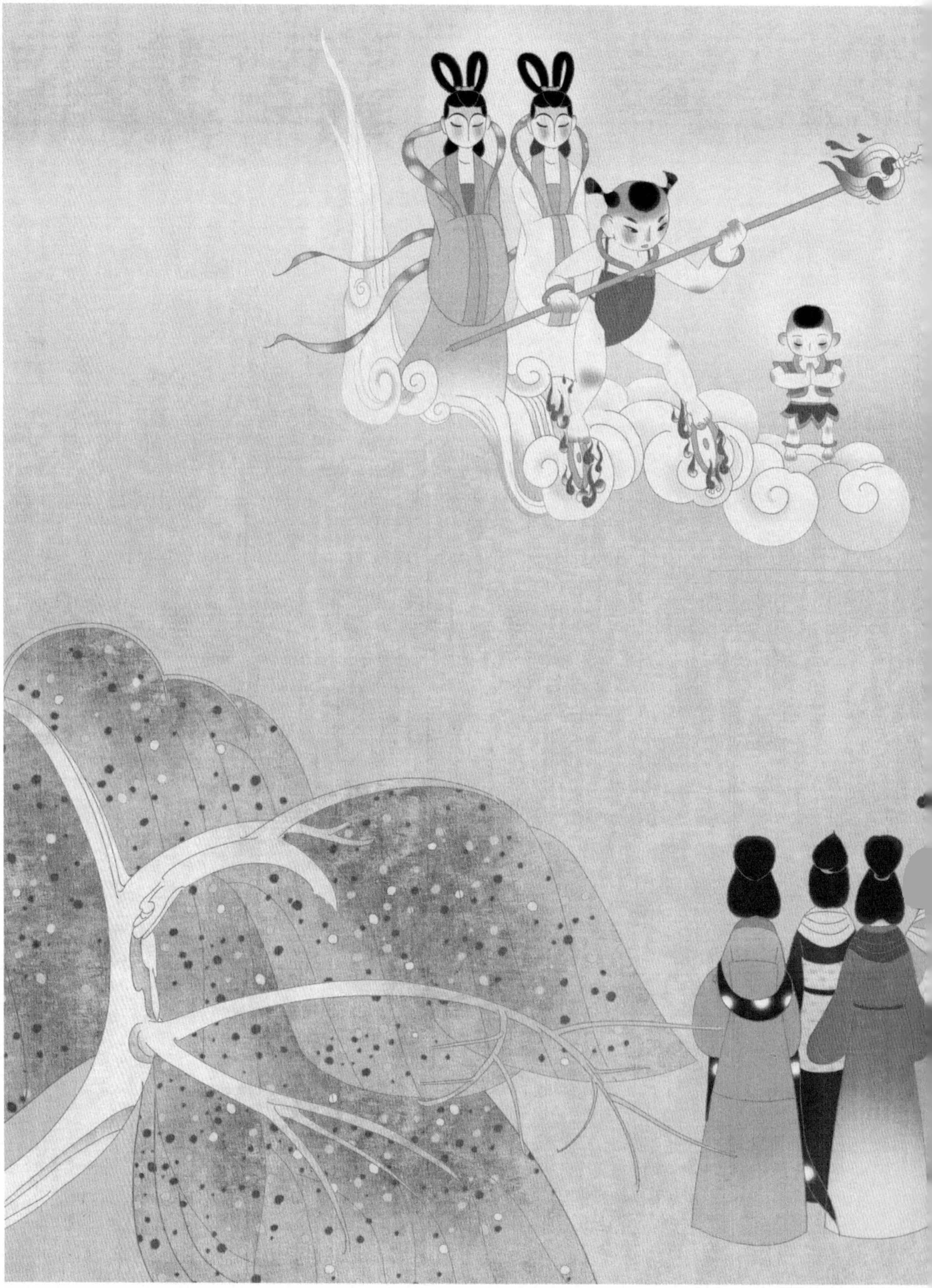

文芸和众将见章莛进阵，到晚无信。次日，李素和燕勇又要进阵。文芸劝道：『李家哥哥现在大营执掌兵权，岂可屡入重地？』李素道：『众弟兄在此舍生忘死，原是为着我家之事。如今我反而在营中养尊处优，置身局外，心中又何能安！』即同燕勇进阵，也是一去不返。

之后，骆承志、唐小峰、章蓉、章芗、史述、颜崖和尹玉等人冲进阵去，却也是一去不返。文芸看看手下虽有强兵猛将，无奈这阵围在关前，不能攻打城池，徒自发急。

且说营中才女闻得消息，俱是唉声叹气，走来走去，不知如何是好。骆红蕖唯有焚香求闺臣来救小峰之命。众人见她如此，也都沐浴焚香，叩求过往神灵垂救，八人一连跪求三日，水米不曾沾牙，眼泪也不知流了多少。真是至诚感天，那青女儿、玉女儿早已约了红孩儿、金童儿来到营外。

建奇勋节度还朝 传大宝中宗复位

文芸闻知，立即将四位仙人迎到大营，希望众仙施以援手。红孩儿道：『我们早前与群芳有约，今日自当助你一臂之力。』文芸再三称谢道：『请教大仙，他这阵内是何邪术？』金童儿道：『此阵名唤「青钱阵」。钱为世人所爱之物。所以凡是进入此阵内者，易被其蛊惑，若稍操持不定，利欲熏心，便会心神迷失。』文芸又询问破阵之法，青女儿道：『今夜凡去破阵之人，每人必须食核桃或荸荠十数枚，才能避得那股铜毒。』

到了夜间，百果仙子也来了。百果仙子让文芸、魏武和薛选各领一千精兵，随她进阵。义军依着百果仙子和红孩儿之法，很快就将阵破了，武六思慌忙与张昌宗和张易之逃往长安。他家内供着和峤牌位，早被众公子击碎。随后大军顺利入关，救了被困的将领。文芸等人正要拜谢几位神仙，众仙却已经不知去向。

略作安歇，文芸写信暗自通知张柬之等人，相约某日在东宫会齐。

此时武后病重，无人敢报告军情。张易之假传圣旨，派了四名上将，带领十万士兵出城迎敌，但这些士兵很快就被杀得四散而逃。随后义军进入了皇城。张柬之等人立即带领羽林军，将李显迎上朝堂，斩杀了张易之和张昌宗等人。

武后病中惊起，问何人作乱，李多祚来到榻前道：『张易之、张昌宗谋反，臣等已经将其除掉，因恐泄露，所以先斩后奏，罪当万死。』武后知道大势已去，只得说道：『叛臣既除，可命太子仍回东宫。』次日，太后归政，中宗复位，大赦天下。

随后，中宗论功行赏，加官晋爵。中宗知道平息宫内之事主要靠张柬之等翦除内患，宫外则是依赖文芸等一干众将的血战，于是将起兵的三十四人尽封公爵，妻封一品夫人，追赠三代，赐第京师。其余遇难的将士及其家眷也都有抚恤和追赠。各家欢庆，自不必说。

过了几时，太后病愈，又下一道懿旨，通行天下：来岁仍开女试，并命前科众才女重赴红文宴，赴宴者另赐殊恩。此旨一下，又在众才女中引起轰动，众人欢喜异常。

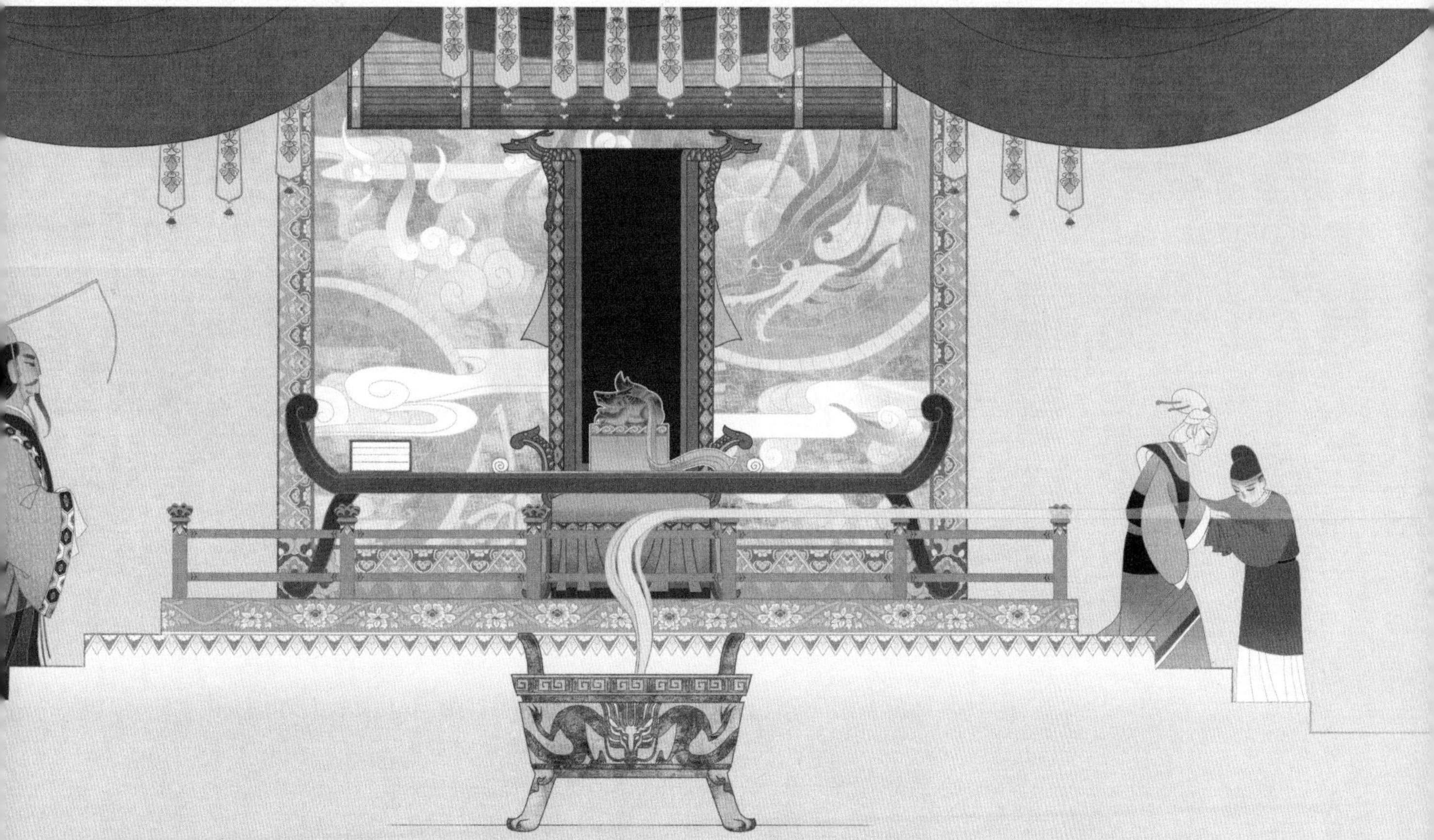

再说那只白猿，它本是百花仙子洞中多年得道的仙猿，因百花仙子谪入红尘，也跟着来到凡间，原想等候尘缘期满一同回山。哪知百花仙子忽然命它把那泣红亭的碑记付给文人墨士去做稗官野史，它捧了这碑记日日寻访，转眼三百年过去了。到了五代晋朝，得知有一位姓刘的可以承当此事，仙猿便将碑记交付于他，并将来意说了。他道：『你这猴子真不懂事，也不看看外面光景！现在四处兵荒马乱，朝秦暮楚，我勉强做了一部《旧唐书》，哪里还有闲情逸致写这些！』仙猿只得唯唯而退。随后到了宋朝，它访到一位复姓欧阳的，还有一位姓宋的，都是当时的大才子，于是也将碑记送给他们看了，这二人道：『我们被这一部《新唐书》折腾了十七年，累得心血殆尽，手腕发酸，哪里还有精神弄这野史！』

新唐

这仙猿访来访去，一直访到清朝，听闻有个叫李汝珍的，此人享了半生清福。仙猿将碑记交给他，他看过碑记，自感心有余闲，于是以写此书为乐。寒来暑往，他朝夕为文，若干年后编写出了这镜花缘一百回。据说，他还只写了碑记的一半呢。

注释

旧唐书署名作者刘昫，实为后晋赵莹主持编修。从史料搜集到组织编撰，提出修史计划，最后监修，皆是赵莹负责。此书原名唐书，被列为『二十四史』之一。

新唐书是北宋时期的宋祁、欧阳修、范镇和吕夏卿等合撰的。新唐书问世后，唐书才改称旧唐书。